VeredaS

JÚLIO JOSÉ CHIAVENATO

Doce Manuela

2ª EDIÇÃO

© JÚLIO JOSÉ CHIAVENATO 2003
1ª edição 1992

COORDENAÇÃO EDITORIAL	Maristela Petrili de Almeida Leite
EDIÇÃO DE TEXTO	Erika Alonso, Ana Lúcia Carvalho Santos
COORDENAÇÃO DE PRODUÇÃO GRÁFICA	Fernando Dalto Degan
COORDENAÇÃO DE REVISÃO	Estevam Vieira Lédo Jr.
REVISÃO	Eliana A. R. S. Medina
EDIÇÃO DE ARTE/PROJETO GRÁFICO	Ricardo Postacchini
ILUSTRAÇÕES	Eduardo Albini
CAPA	Ricardo Postacchini
	Foto: Jim Cummins/Taxi-Getty Imagens
DIAGRAMAÇÃO	Eduardo de Jesus Gonçalves
SAÍDA DE FILMES	Helio P. de Souza Filho, Marcio H. Kamoto
COORDENAÇÃO DE PRODUÇÃO INDUSTRIAL	Wilson Aparecido Troque
IMPRESSÃO E ACABAMENTO	Forma Certa
LOTE	770786
CODIGO	12035921

Dados Internacionais de Catalogação na Publicação (CIP)
(Câmara Brasileira do Livro, SP, Brasil)

Chiavenato, Júlio
   Doce Manuela / Júlio Chiavenato. — 2. ed. —
São Paulo : Moderna, 2003. — (Coleção veredas)

   1. Literatura infantojuvenil I. Título. II.
Série.

03-0772   CDD-028.5

Índices para catálogo sistemático:
1. Literatura infantojuvenil 028.5
2. Literatura juvenil 028.5

ISBN 85-16-03592-1

Reprodução proibida. Art.184 do Código Penal e Lei 9.610 de 19 de fevereiro de 1998.

Todos os direitos reservados

EDITORA MODERNA LTDA.
Rua Padre Adelino, 758 - Belenzinho
São Paulo - SP - Brasil - CEP 03303-904
Vendas e Atendimento: Tel. (0_ _11) 2790-1300
Fax (0_ _11) 2790-1501
www.modernaliteratura.com.br
2023

Impresso no Brasil

1 3 5 7 9 10 8 6 4 2

SUMÁRIO

1. Um dia na vida de Manuela 7
2. A escola de Manuela 16
3. A desventura de Manuela 29
4. Os salvadores de Manuela 45
5. A decisão de Manuela 64
6. Provando a inocência de Manuela 84
7. Nem cravo, nem canela. Manuela 102

1
Um dia na vida de Manuela

O banquete

Nem cravo nem canela. Pretinha.

Manuela, a única negra no período da manhã, voltava da escola com a amiga Marlene, que a censurava:

— Por que você gamou logo nele?

— Quem falou em gamação? — respondeu Manuela. Gosto do tipo dele. Quase loiro, olhos azuis. Quantos você conhece de olhos azuis?

— Mas ele é podre de rico...

— Rico e bonito. Em quem eu deveria me amarrar? Em um banguela, caolho, corcunda e pobre?

— E preto, ué!

— E onde vou arranjar um preto loiro?

— Ainda bem que você leva na brincadeira...

— Você sabe que é mais fácil encontrar um preto loiro do que um preto rico?

Separaram-se na avenida Caramuru. A avenida dividia os dois bairros. De um lado, a Vila Virgínia, gente pobre e muitos negros. Em cima, Higienópolis, com as casas bonitas da classe média alta. Sempre que entrava no seu bairro, Manuela pensava: "Até o nome dos bairros eles colocam diferente. Higienópolis só pode ser bairro de rico. Os pobres moram no Adão do Carmo, Vila Virgínia, Simioni, e por aí..."

"Pobreza", ia pensando, "não é um trauma". Subia a rua suja, sem ver as oficinas de bicicleta e serralherias. Só pensava.

"Quando tirei o esprei daquela idiota que pichava o muro da escola e esguichei no seu cabelo, me mandaram para a psicóloga. Uma moça bonita, mais anéis que dedos. Ela me disse que eu tinha um trauma: estudava numa escola de ricos, era a única negra, seria natural uma explosão de revolta. Não entendeu nada. Trauma, revolta... foi pura raiva, porque a outra estava pichando contra tudo o que eu pensava."

Andando e pensando, chegou em casa. Tinha sorte: morava na rua dos "mais remediados". Um corredorzinho de chão batido, o cortiço no fundo. Os "mais remediados" apenas toleravam "aqueles pretos": desvalorizavam suas casas. Manuela não parava de pensar.

"Se morre alguém, fico triste, mas não me abalo. O que me angustia é viver como bicho. Pior que bicho, tem cachorro que... Minha mãe morreu, foi melhor. A miséria é que deprime..."

— O que trouxe? — perguntou Zé Mané, seu irmão menor.

— Um segredo — respondeu Manuela, que sempre lhe trazia qualquer coisa.

— Então me dá.

Mandou Zé Mané fazer uma concha com as mãos e deu-lhe o segredo.

— É uma pedra! — reclamou o menino desapontado.

— Você é que pensa. Parece uma pedra, tem gosto de pedra e se você jogar na cabeça de alguém machuca. Mas não é pedra. É um segredo disfarçado. Quando você for dormir, ponha perto da sua cabeça, debaixo do travesseiro. E fique ouvindo. Preste atenção, que ela conta um segredo.

— De verdade?

— Verdadeira.

Tia Nhá lutava contra lençóis no tanque. Esfregava roupas, esparramava água, com um pito no canto da boca. Seu melhor desempenho era a cuspida: sem tirar o pito, esguichava saliva certeira nos gatos que rondavam.

— Gataiada dos inferno. Não tem nem pra mim e os danados ficam rodeando...

— Ah, tia Nhá! Eles gostam da senhora.

— Gostam nada, Manuela. Quem gosta de preta velha?

— Eu gosto — e pregou-lhe um beijo na cara chupada, escondendo o nojo daquele pito sarrento.

— O que você trouxe pro Zé Mané?

— Um segredo.

— Preferia um bife.

— E é Natal, por acaso?

Não era Natal, mas o almoço que Manuela preparava parecia um banquete. Banquete de preto pobre, mas...

— Eta mundo, tia Nhá! A gente parece rico, vai comer sardinha com ovo.

— Esfarela pão duro e mistura, pra aumentar...

— Deixa comigo...

Tia Nhá comia com uma colher, o prato na mão. Zé Mané tinha raspado a panela. Agora o menino tinha um festival de bolhas brancas lhe enfeitando a cara. Do que ele mais gostava era escovar os dentes. Tinha uma enorme coleção de escovas e pastas: uns trinta tubos de dentifrício e umas cem escovas. Como é que pode tanta riqueza? É que ele é pobre...

O segredo

Manuela trocou de roupa, enfiou um chinelo de dedo e saiu empurrando a carrocinha: carcaça de uma geladeira com rodas de carrinho de feira. Ganhava a vida recolhendo papel e sucata. Desde que se lembrava sempre fora sucateira.

As primeiras lembranças apertavam o coração: a mãe de pernas engrossadas pelas varizes, resmungando nomes feios, cheirando a cachaça e inhaca, rebocando uma carrocinha pesada de papelão mofado. Tinham uma cadela que se chamava Demosele.

Chovia às vezes, mas na memória sempre faz muito frio ou calor. De repente, uma ladeira. A mãe arriava: sentava na calçada, recostava-se na parede e Demosele lambia as chagas purulentas da perna. Manuela não conseguia afastar Demosele. Quando ameaçava chorar, a mãe resmungava: "Deixa ela; é o que me resta".

Sacudiu nervosamente a cabeça; quem a visse, talvez pensasse ser uma negrinha cheia de tiques. Afastou a lembrança ruim, mas continuou pensando: "Isso é o trauma da pobreza; as porradas que dei na branquela do esprei... aquilo foi raiva, mesmo".

O negócio de pegar papel, latas, ferro velho tem suas táticas. Primeiro lance: não perder tempo em bairro rico. As casas são enormes, os empregados atendem à campainha com desconfiança. Quando não se tem de falar pelo interfone. Tudo é mais difícil: ruas desertas, portões fechados, não dá nem para pedir um copo d'água.

A classe média imita os ricos e parece ter medo do povo. O que rende é bairro de pobre, ou quase.

Por eles vai Manuela. Como essa gente tem lixo! Papel velho de montão. Lata de óleo, panela furada, estante quebrada, aparece de tudo. E em bairro pobre tem um boteco em cada esquina, cheio de tampinhas de garrafa...

Com esperteza, consegue-se muito. Nas casas "mais remediadas" Manuela pede que não joguem no lixo os tubos usados de pasta nem as escovas de dentes. Escova de dentes basta ferver: adeus, micróbios. Nos tubos sempre sobra pasta: quando se comprime, dá para uma ou duas escovadas. É por isso que o Zé Mané é tão rico desses objetos.

Importante é aprender a geografia dos bairros. Mapear as boleiras — e tome raspa de bolo, sobra de recheio. As que fazem salgadinho — lá vem carne moída e molho de ontem. Organizando-se, funciona.

Manuela para no meio do quarteirão, senta na sarjeta. Funciona mais que bater palmas nos portões. Passa uma dona de casa e ela pergunta: "Oi, tem papel?" — "Vamos lá em casa." O convite é infalível.

Se não tem papel tem lata ou ferro. E lá vem papo:

— Por que você não se emprega de doméstica, Manuela?

— Assim dá mais.

— Será? Acho que você não quer é pegar no pesado...

— Ah, um pouco também.

E tchau. "Empurrar carrocinha não é pegar no pesado. Suar nesse sol não é pesado. É o que elas pensam" — conforma-se Manuela. Mas vai em frente. Nos postos de gasolina recolhe latas. O carrinho vai enchendo. Em uma marmita velha, guarda sobras de comida. Já correu a Vila Virgínia, entrou pela Vila Tibério e está esperando o sol baixar. Passa um rapaz preto, da idade dela, pedalando uma bicicleta de entrega. Ela chama:

— Ei, para aí!

— Que foi?

— Demora pro sol baixar?

— Ahn... acho que não.

— Deixe de ser burro, cara, já viu o sol baixar?

— Burra é você. O sol não está alto? Logo ele baixa!

— Tá bom. Rotação e translação.

— Que que é?

— Nada. Eu estava pensando na princesa Isabel.

— Ô neguinha, tu é besta?

— Besta de carga. Olha a minha carrocinha. Não tem pedal.

— Tchau. Vai pela sombra.

— Então vou esperar o sol baixar...

Por que esses papos ela não sabia. Mas gostava. Enfim, o sol desaparece. O comércio fecha. E ela volta pelo centro da cidade, pegando nas portas das lojas os restos do dia: caixas de papelão, tábuas, panos rasgados. Já são quase oito horas quando estaciona a carrocinha no corredor. Não precisa jantar: comeu os restos que lhe deram. Lava-se no tanque, coloca uma borracha na torneira e esguicha água a valer.

Tia Nhá já cuidou do Zé Mané. Dá a Manuela um chá de erva-cidreira e hortelã, que ela cultiva num pedaço de terra. Vai bebendo lentamente, entra na casa de dois cômodos — cozinha e quarto — e ajeita-se no seu canto. Na beirada da cama improvisou com caixões uma escrivaninha, onde estão seus livros. E seu diário: um caderno grande, com muitas páginas. Nunca lhe faltam cadernos e livros, porque ela não tem vergonha de pedi-los nas repúblicas de estudantes.

Manuela é metódica: deita-se vinte minutos bem-contados no rádio de pilha de tia Nhá, que só toca moda de viola e dá a hora: "Nessa longa estrada da viiiiida…" Descansa, folheando o diário. "Oito horas e quarenta minutos", diz o compadre não-sei-quem.

Manuela prepara-se para estudar uma hora e meia. Quanta besteira tem de aprender para nada. Fica pensando que bela droga é matemática de escola. Sistema métrico decimal aprendeu desde o primário. Mas não serve para pesar dois quilos e duzentos gramas. Tabuada de tudo quanto é número. E não se aprende a fazer troco. Química orgânica, inorgânica, I e II, e sequer se aprende a acender fogo de lenha. Mas ela estuda. "Dez horas e vinte minutos", diz o compadre do rádio, e Manuela fecha os livros.

— Tia Nhá, cadê o Zé Mané?

— Zanzando na rua.

Vai para a rua e abre o berro:

— Zé Manééééé…

Enfim ele aparece. Obriga-o a lavar os pés. Deita o menino.

— Cadê o segredo, Zé Mané?

— Já está querendo falar, olha, olha.

— Não é olha, é escuta.

— Ah, mas você não escuta, não, Manuela. É segredo.

— Mas segredo mesmo? Não pode contar nem um tiquinho?

— Viche!

— Conta um pouquinho só, vai!

— Tá dizendo assim: o pai um dia vai aparecer de novo...

— Agora dorme.

— É verdade sim, o segredo está me contando!

— Eu sei. Dorme.

Manuela abre o seu diário e escreve uns vinte minutos. O sono chega. Espicha-se na cama e adormece, pensativa: quem dá pedra a criança recebe pedrada...

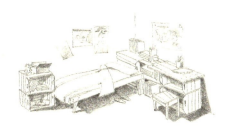

2
A escola de Manuela

O jeitinho brasileiro

Quando fizeram a escola, não imaginavam que a cidade cresceria tanto. Naqueles tempos a escola pública era respeitada, o ensino de boa qualidade. Ser professor era importante.

Construíram a escola no meio de um imenso bosque, na periferia do bairro rico. Além, um imenso laranjal dos padres e só muito depois, a vila. Desde o começo foi uma escola para ricos. Mas os padres venderam a chácara, lotearam uma parte, em outra, levantaram casas populares e a vida avançou sua pobreza, encostando-se na escola.

E a escola deixou de ser privilégio dos ricos. Os vizinhos pobres já podiam entrar. Mas alguns pais que nela estudaram, por nostalgia e tradição, matriculavam seus filhos. Funcionou o Jeitinho brasileiro: os ricos ficaram com o período da manhã; os pobres, com o da tarde.

Manuela foi um problema, no início. Sua mãe ainda vivia, quando uma assistente social teimou em matriculá--la. Só concordou se a deixassem estudar pela manhã. Pode, não pode, tem vaga, não tem, a mãe virou a mesa:

— Então negro não é gente?

Nem pensem que era pergunta. O tom era de bofetada, prometendo tempestade... A diretora, dona Invicta, olhou o pessoal da secretaria e fez um recuo tático:

— É... ela é limpinha.

— Não é limpinha não — retrucou a mãe. — É uma negona mesmo.

— Arranja uma vaga, dona Perpétua, que essa mulher é impossível — bateu em retirada dona Invicta.

Foi assim, com uns nove anos, mas sete no registro, que Manuela entrou na escola. Era maior que as colegas. Ainda se lembra da primeira aula. Quando ela chegou, olharam-na assustadas. Marlene recorda para Manuela a reação da criançada:

— Cheguei em casa e disse: "Mãe! Tem uma pretona na minha classe!"

Nenhuma hostilidade. Só o assombro diante de uma pretinha pobre. Mas a surpresa da criançada rica transformou Manuela em negrona.

Dez anos depois, com um metro e setenta e oito, está no segundo colegial. Já não a estranham. Só que

Manuela sabe: "Eles me aceitam, tudo bem, mas sou a negra da manhã".

Ouve a conversa das colegas quase sem participar: ri, dá uns palpites, ironias amáveis. Ela não sabe nada de videogame, nunca foi a uma discoteca ou tomar sorvete num *shopping center* e só conhece as casas ricas por fora. As colegas tranquilizam-se: ela não cria casos nem agride. Pois muita gente se assusta, pensando que preto pobre tem complexo de inferioridade e se desforra, brigando.

Manuela vai levando. Não é à toa que conversa muito com os professores: percebe que a classe média é cheia de conflitos e complexos que vive transferindo aos outros. Cada um é do seu jeito, Manuela sabe que generalizar é uma bobagem. Aprendeu mesmo que alguém preconceituoso pode não ser racista e no fundo ser boa gente. Mas de pé atrás, que não é boba.

Gosta de ir cedo para a escola. Passeia sob as árvores; ainda não derrubaram todas, "para fazer estacionamento", como em tantas escolas. Atravessa a quadra de esportes, corre um pouco no campo de futebol e senta no pátio, esperando a hora.

Uma questão de rima

Nunca se viu escola com tanta solteirona. "Deve ser influência do nome", pensa Manuela. Dona Invicta não se casou para não perder a invencibilidade, só pode ser. E a secretária, dona Perpétua? Quem sabe leva o nome a sério e quer ser perpetuamente... A que está dando aula agora é uma parada: Maria Estela da Purificação. Pura como as estrelas e a Virgem, está no nome. Mais de sessenta anos e não se aposenta. Explicava aos alunos suas ideias sobre a aposentadoria:

— Só vou me aposentar quando estiver bem gagá. Estão rindo? Não é brincadeira. Eu acho aposentadoria imoral. Passamos vinte, trinta anos dando aulas. Quando aprendemos, aposentam-nos. Vamos viver à custa do Estado, dos que pagam impostos. Então entra um neófito (sabem o que é neófito? O vocabulário de vocês hoje em dia...) e ele não conhece nada de pedagogia, nem da matéria que vai ensinar.

Era divertida. Conforme o humor, pedia que lhe chamassem por um dos seus nomes. Ensinando a sério, era dona Maria. De bom humor, dona Estela. De mal com o mundo, era dona Purificação.

Ai de quem a chamasse de tia.

— Não tenho o azar de ser sua parenta...

E lá estava ela com um olhar torto.

— Vamos ler um poema.

Primeiro escreveu na lousa. Depois leu, dando toda a entonação que julgava conveniente. Mandava alguém lê-lo em seguida:

"Carpas, viveis tão longa vida
Nesses viveiros de água fria!
Será que a morte vos olvida,
Ó peixes da melancolia?"

— Este poema — comentou — é uma obra de arte. Não vamos perder tempo com nenhuma análise técnica, essas bobagens. Vamos usufruí-lo: ele brotou do coração do poeta. É um milagre. Uma dádiva que Deus nos dá para usufruirmos da sua beleza.

Olhou a classe como se tivesse feito uma revelação.

— Agora levantem-se. Façamos um minuto de silêncio.

Pobre de quem estragasse a cerimônia. Um minuto certinho e ela voltava à carga:

— Este é um poema de Guillaume Apollinaire. Sabem por que fizemos um minuto de silêncio? Por tanta poesia assassinada nas guerras. Lembrei-me de Apollinaire por causa dessa guerra do Golfo. Ele também morreu numa guerra, em 1918. Tinha trinta e oito anos, idade em que os poetas amadurecem. Quanta poesia não se assassinou no Iraque? Vocês acham que sou demagoga, não é? Mas cada criança é um poema. Um poema vivo que as bombas matam. A guerra gosta de matar poetas e crianças. Apollinaire, Lorca, tantos…

E, teatral:

— Meus filhos, lutem pela paz. O mundo precisa de paz e poesia.

Era assim Maria Estela. Mas não pensem que era ingênua. Em um relance via o brilho gozador nos olhos da turma. Percebia o que pensavam dela e o pouco que ligavam à poesia. E contra-atacava:

— Eu sei que não adianta... Vocês acham que eu sou uma velha boba. Talvez seja. Vamos ler outro poema, quem sabe vocês compreendam.

Com sua letra cuidada, escreveu na lousa:

"Naquela aldeia de mãos cúpidas
em que as pessoas passavam a noite
longamente a amaldiçoar,
a farinha recusou-se
muito simplesmente a virar pão,
as fontes a correr,
e o vinho achou bom
converter-se em vinagre."

Obrigou os alunos a ler os versos de André Verdet. Respirou fundo e disse que a poesia era uma lição de vida através da beleza. E, antes que se perdesse nesse mundo estranho que a dominava, resolveu dar uma aula dura. E tome gramática. Análise léxica, sintática. O que é epímona? E uma quintilha? Próclise? Mesóclise?

— Na próxima aula quero um exemplo de coliteração, e pesquisem em Henriqueta Lisboa uma epístrofe.

Minutos antes de tocar a sineta, ela relaxou.

— Agora podem rir e debochar...

A classe reagiu com berros e um princípio de vaia. Maria Estela levantou-se com a sineta e ameaçou:

— Na próxima aula quem não souber tudo o que eu pedi, zero!

Um garoto resmungou:

— Poesia não rima com gramática...

A professora sorriu.

As trapalhadas de um turco bonito

Mal assenta a zoeira da saída de Maria Estela, entra um professor magro, meio corcunda, nariz grande segurando os óculos de metal. Lentes tão finas que parecem não ter grau: janelas protegendo agudos olhos verdes. Beirava os quarenta, cabelos já prateando. Um homem bonito.

Seu nome é Aziz Chader Aziz, ninguém sabia se era sírio, libanês ou armênio. Por via das dúvidas, ficou sendo o Turco. Mais quadrado que as raízes cúbicas que ensinava. Tudo o que era novo era ruim. Rock? É música de débil mental. Caetano? Um veado. Então quem?

— Caubi Peixoto!

— Esse é que é, cara — triunfava a classe.

Manuela desconfiava de que ele gozava da turma. Pode ser tão machão e atacar de Caubi Peixoto? Talvez pudesse, esses machos quando não estão muito seguros... Só que o Turco tinha um jeito de olhar meigo e penetrante...

Permitia que o chamassem de Turco, até gostava:

— Aziz não chega sequer a nome de mascate.

Dava sua aula tranquilamente. Quem quisesse, que aprendesse. Quem não estivesse a fim, que dormisse ou lesse. Só não podia perturbar. Um quadrado diferente. Manuela pressentia que ele era racista. Nada agressivo contra ela. Algo tênue, no ar. Um dia ele disse:

— A mente superior é a mente matemática.

Perguntaram por que e ele não soube explicar. Manuela atacou:

— Existe isso de mente superior?

Ele encaixou o golpe, percebeu que a menina foi fundo, passando por cima da fragilidade da sua afirmação, colocando a questão a nu.

— Não foi isso o que eu quis dizer.

— Ah, você disse o que não queria dizer.

O Turco sentiu a crítica. Tentou consertar:

— Olha Manuela, preto, branco, amarelo, japonês, africano, é tudo a mesma coisa. Não acredito em superioridade de raças; eu quis dizer que algumas mentes são superiores quanto às formas de pensamento. Um negro, um japonês, um branco podem ter a mente superior em relação a outros homens, da sua raça ou não. Foi isso.

Manuela continuou atacando:

— Papo! Todo racista se desculpa assim. No fundo acredita na superioridade do homem branco...

— *Me Tarzan, you Jane* — um engraçadinho aparteou.

— *Me Mike Tyson, you Tina Turner* — disse outro.

— *Black is beautiful* — ressoou outra voz.

Manuela prosseguia:

— ... logo, vem o exemplo: se a mente superior é a mente matemática, e se todos os matemáticos de fama são brancos, logo, mente branca é mente superior.

— Dá-lhe, Manuela — alguém incentivou.

O Turco pôs ordem na casa:

— O papo degenerou. Vou dar dois exemplos de mente matemática superior: Bach e Pixinguinha. Um branco e um preto, músicos. Vamos encerrar o assunto. Tem gente que vê racismo em tudo. Pra que estamos discutindo isso? Escuta, Manuela, alguma vez lhe discriminaram aqui?

— Já!

Metade bateu palmas, metade vaiou.

— Vamos pra aula. Essa conversa de racismo, política termina sempre em baderna.

O Turco sempre encerrava as discussões que estava perdendo com a frase "termina sempre em baderna". Deu sua aulinha, brincou com os números, ensinou uns conceitos. E, ao sair, suspendeu o queixo de Manuela com o indicador:

— Manuela do meu coração... — disse, zombeteiro.

Malandrinha, ela passou a língua nos lábios. O Turco se assustou.

Manuela percebia aqui e ali, nos colegas e professores, vez por outra, uma pontinha de preconceito. Estava acostumada. Achava normal: no Brasil, não ser racista é que chamava atenção. Não se tocava. Com o turco era diferente, ele sempre deixava escapar alguma coisa que mostrava seu reacionarismo.

"Interessante", ela pensava, "o professor de História falando da escravidão, negros africanos, maus-tratos, tudo aquilo, corria normal. O homem espinafrava a sociedade brasileira, dizia que era racista e injusta, clamava contra a concentração de renda e ninguém ligava." Nem ela. "Mas, se o Turco deixasse escapar uma fagulhinha, lá vinha guerra."

Aula vem, vai, fim. Dia de treino.

Um Apolo do vôlei

O professor de Educação Física era baixinho, não chegava a um metro e sessenta. Mas tinha corpo de halterofilista. A cabeça de um deus grego. Porém, chamava-se Onofre. Não há dúvida de que ele carregava o apelido com orgulho: Apolinho.

Formou uma equipe de vôlei para ninguém botar defeito. Com seu tamanho, Manuela era uma das estrelas. Bloqueando era boa. Mas para cortar, subindo mais que todas, era perfeita. As levantadoras davam-lhe a bola bem alta. Ela subia e *vapt*, jogava todas por cima do bloqueio adversário. A equipe de vôlei era o orgulho da escola.

Mesmo quando Manuela não jogava, a equipe era ótima. Portanto, o negócio não era a altura da cortadora. A garotada era boa mesmo.

— Apolinho, qual é o segredo de formar essa equipe?

E ele respondia, olhos brilhantes debaixo dos loiros caracóis e em cima dos músculos gregos:

— A bunda!

Explicava calmamente sua teoria científico-esportiva.

— Em time de basquete mulher não pode ter bunda. Tem que ser magrela, tipo Hortênsia. Mas observem a seleção brasileira de vôlei: Ana Mozer, Isabel, Fernanda, moças de bunda grande. Canela fina, coxa grossa, bunda grande. Esse é o segredo. Quando vou formar um time, dou uma geral, separo as meninas pela bunda...

A sua tese, primeiro, chocou. Dona Invicta pediu-lhe para não fazer "tais comentários indecorosos". Depois, vitória após vitória, virou folclore. E do folclore, problema.

Porque a garotada da escola, quando ia torcer pelo seu time de vôlei feminino, soltava o grito de guerra que incendiava as quadras:

"Bun-da! Bun-da!"

Dona Invicta achou demais. Deu um ultimato: parassem com aquilo ou ela acabava com o time. Os garotos foram lhe explicar que não era nada do que ela estava pensando.

— A gente não diz "bunda", dona Invicta. Nós gritamos quando elas trabalham a bola: bum! E quando sai a cortada: dá! É assim, a gente grita bum-dá!

Não conseguiram convencê-la. Mas a galera ganhou a parada e o grito da torcida prevaleceu. O time vencia todas. Campeonato entre escolas nem tinha graça. Começou a enfrentar equipes adultas. Ganhava sempre. Uma menina do terceiro colegial foi convocada para a seleção de novos. Apolinho fazia nome.

Manuela descobriu que o vôlei podia ser sua saída.

Como uma sucateira preta iria enfrentar o vestibular? Dinheiro para o cursinho, nem pensar. O vôlei era o caminho. Na seleção brasileira já pintavam algumas moças negras. Manuela sonhava.

Aliás, sonhar era o que mais faziam naquela escola. Uma menina baixinha, gorducha, de óculos, sardenta, nariz de batatinha, queria ser modelo. Piedosas, as colegas tentavam dissuadi-la:

— Modelo tem de ser alta...

— Tem nada, tem de ter classe. Vejam a Bruna Lombardi — ela argumentava.

— Mas a Bruna Lombardi é linda — outra arriscava.

— A beleza é interior — respondia a sonhadora, levantando o nariz.

Manuela sonhava ser artista do vôlei e ganhar muito dinheiro. Para isso treinava mais que todas. Acabava o treino e ela ficava pedindo para alguém suspender as bolas para o salto e a cortada. Só parava quando não aguentava mais.

Começou jogando descalça. Dizia que dava mais estabilidade. Na verdade não tinha dinheiro para o tênis. Um dia, como quem não quer nada, Apolinho deu-lhe um par. Aí ela soube o que era estabilidade e melhorou bastante.

Acabou o treino e Apolinho deu a notícia, saudada com gritos:

— A gente vai tentar uma vaga no campeonato estadual.

Manuela explicou para tia Nhá o que representava o vôlei. Contou como era importante jogar no campeonato estadual. A velha não se convenceu:

— Manuela, se ao menos você tivesse boa voz, podia ser como a Ângela Maria. Aquilo que era cantora! Ela era preta. Agora ficou branca, dizem que foi um tratamento. Ganhou tanto dinheiro... Bom, Manuela, se eles pagam a passagem e a comida, vai. Mas uma semana sem catar papel, vai faltar dinheiro...

Já eram quase dez horas, foi procurar Zé Mané. Voltando, encontrou seu Tavico, funcionário aposentado:

— Manuela, ia falar com tia Nhá. Minha faxineira foi embora, você não quer limpar minha casa? Pago mais do que você ganha catando papel. Umas três horas, só, uma vez por semana.

Pensou um pouco, lembrou que no dia seguinte não tinha aula. Poderia ainda catar papel à tarde.

— Negócio fechado. Amanhã cedo estou lá.

28

3
A desventura de Manuela

Um plano sinistro

Manuela não imaginava que seu Tavico tivesse tantos livros. Centenas deles enfileiravam-se nas prateleiras improvisadas. Folheou um de 1896, *A inteligência das flores*, de Maurício Maeterlinck.

— Seu Tavico, o senhor só tem livro cheio de "ph"?

— Que nada. Tem com "dabriú", "pisilone" e coisas que você nem sonha.

Ela leu "phantasía", "orthographia", "physionomía"; procurou, mas não encontrou a tradicional e festejada "pharmácia".

— O senhor leu tudo?

— Não. Eu nem me lembrava desse que você pegou. Faz dez anos que só leio um autor. É ele mesmo, Machado de Assis.

— O senhor não se chama Otávio da Purificação?

— Não…

— Porque parece.

— Manuela, a literatura do século XX é anêmica. Você já leu algum livro?

— Claro, né, seu Tavico!

— Achei um bom, deste século. Li uma novela de Iuri Oliecha, *Inveja*. Tão diferente do velho Machado, outra língua, bom! Mas só por acaso eu leio coisa com menos de cem anos.

— Xiii…

— E não empresto livros. Tenho meus planos…

— Pode contar?

— Bom… setenta anos! Sabe lá o que é isso? Estou mais só na vida que o dono da verdade. Não tenho um parente. E se eu ficar doente? Ou demente? Melhor morrer de repente.

— Se é pra rimar, é voz corrente que o bom é morrer repentinamente.

— Mentira deles. Ninguém quer morrer.

— Claro, né, seu Tavico!

— Como jovem é burro! Você não entende nada do que eu digo.

— Não precisa ofender. Vou ficar quieta.

— Não entende mesmo. Não vê que não é ofensa? Jovem é um bicho estúpido, cansa. Por mim, punha um decreto: de hoje em diante é proibido ser jovem. Cumpra-se.

— Senhor está mais é louco.

O velho sentiu-se muito lúcido. "Louca era ela. Preta e pobre, querendo viver. Sabia ao menos o que a vida lhe reservava? Que futuro tem essa pobre infeliz? Infeliz? Ué, o infeliz aqui sou eu... Coitada da Manuela! Vi nascer, a mãe bêbada; boa, também, tia Nhá dá um duro. E aí Manuela, querendo viver, pensando o quê?"

— Hein, Manuela, o quê?

— O quê o quê, ué?

— Ué, uai, sempre assim; não entendem nada. No meu tempo...

"O que tinha no meu tempo? No meu tempo era uma miséria desgraçada, pior ainda. Preto nunca foi gente neste país; no meu tempo era bicho. Bicho mesmo, da gente... Ô diabo! Esse mundo não muda. Ou muda? Já mudou! Mudou e eu não vi!"

— Escuta, Manuela, o mundo está cada vez pior, você não enxerga? Não sei pra que tem olhos!

Manuela perturbou-se. Seu Tavico seria louco? Tentou acalmá-lo:

— Não fica nervoso, seu Tavico. Já estou acabando.

"Nervoso? Acha que eu estou nervoso? Mas estou mesmo. E bruto, mal-educado. Será que assustei a menina?"

— Manuela, não seja burra. Entenda uma coisa...

Mas não explicou nada. Apenas disse:

— Tem queijo, goiabada, pão, fruta, coma tudo. Coma até empanturrar. Faça sanduíches pro Zé Mané e tia Nhá. Sabe o que é?... Vou dar uma volta.

Manuela trabalhava só, pensando: "Seu Tavico devia ser louco. Tão calmo na rua, em casa esse furacão. Será que fiz alguma coisa errada?" Terminou a limpeza e hesitou em pegar a comida. Resolveu que não. E se ele ficasse mais doido ainda? Ia saindo, o velho voltava.

— Acabou?

— Acabei.

— Comeu?

— Não.

O velho sentiu um aperto no coração. "Por que não comeu? Medo. Medo de mim."

— Então volta, Manuela. Leva a comida para sua casa. Tenho muita, vai estragar.

Punha na sacola os alimentos, lentamente. Precisava contar para alguém. E falou:

— Meu plano é o seguinte, Manuela. Vou fazer uma pilha com estes livros, jogar gasolina, tomar trinta comprimidos para dormir e botar fogo, deitando-me entre as chamas.

— Cruzes!

— Não se assuste, não é pra já... Só contei porque confio em você. Gosto da tia Nhá. Até da sua mãe eu gostava. Seu pai também não era ruim, ruim... só malandro, irresponsável.

Manuela ficou estática. Nunca teve conversa igual. O velho tinha os olhos úmidos. "Será que velho chora?"

— Sem medo, Manuela. Tome seu dinheiro. Leve a comida. Não fale a ninguém que estou assim... meio louco.

Saiu sem uma palavra. Quase fugindo, achando que faltou dizer alguma coisa ao seu Tavico. Mas dizer o quê?

Uma maldade gigante

Do diário de Manuela:

"Quando minha mãe morreu o que tinha mais era mosca. Lembro-me dela deitada no colchão que puseram no quintal. As moscas zumbiam sobre a boca aberta. O fio de baba secara, um risco prateado contrastava com a pele negra. Um olho estava fechado, o outro quase. Tão magra que parecia múmia. E era minha mãe.

Tia Nhá de vez em quando abanava uma folha de jornal e as moscas fugiam. Fiquei olhando minha mãe defunta. De repente, me acudiu uma música de igreja, que eu não conseguia parar de cantar mentalmente: 'No céu / no céu / com minha mãe estarei'. E me deu uma vontade louca de rir e segurei tanto o riso que ia perdendo o fôlego.

Foi quando dona Pina disse: 'Pode chorar Manuela, chora que desabafa'. Comecei a perceber como é estranha a vida: eu devia chorar — pois uma solidão desabou dentro de mim ao ver minha mãe morta —, mas sentia vontade de rir. Eu represava o riso e pensavam que eu queria chorar. Uma mosca enorme tentava entrar na boca de minha mãe. Fechei os olhos. 'Não quero ver nada!' E o riso se foi. Vieram lágrimas tão minguadas que me lembrei do Zé Mané.

Zé Mané chorava aos arrancos, desde nenê. Quando minha mãe via aquele pretinho engatinhando, o choro vindo de soquinho, dizia: 'Esse moleque é gago pra chorar...' E outra vez a vontade de rir veio, mas conformou-se num meio-sorriso tristonho.

Abri os olhos e tia Nhá tinha espantado as moscas. Dona Pina ajoelhou-se no chão..."

Manuela parou de ler.

"Se ao menos eu fosse uma Anne Frank" pensou, "me levariam a sério." Já tinha prometido mil vezes que continuaria escrevendo o diário, mas nunca o leria. Escrever era bom, desabafava. Mas, quando o lia, tempos depois, o sofrimento voltava redobrado. Fechou o diário quase com raiva.

Tia Nhá pitava tranquila, sentada num tronco podre, bem onde, anos antes, ficou a mãe morta. De vez em quando virava a cabeça e esguichava a cuspida.

— Tia Nhá, tenho um professor que fuma cachimbo e não cospe — disse Manuela.

— Eu pito pito de barro com fumo de nego, e cuspo — respondeu tia Nhá com maus modos. Mas tia Nhá era muito civilizada: sua zanga foi passageira, emendou-se com uma desculpa:

— E não estou só pitando. Treino a pontaria.

Mal falou, a cuspida acertou o olho do gato. Manuela quis não gostar, achou que não valia a pena. O gato saiu pulando, deve ter ardido. "O mundo é feito de pequenas maldades", pensou Manuela. "Os inocentes, como tia Nhá, com essas fraquezas. Os grandes...", e ficou procurando saber o que os grandes faziam. Faziam pior, é claro, mas não conseguiu lembrar nenhuma maldade gigante, a não ser a bomba atômica.

Já era tarde. Arrumava a carrocinha, pensando por que nunca se para de pensar e raramente se pensa algo que preste. "Às vezes eu penso uma coisa boa e logo esqueço; já as besteiras não saem da cabeça... melhor não pensar." E continuou pensando.

O dia estava ganho, com o dinheiro da faxina e a comida de seu Tavico. Saiu à noitinha, com o plano feito: chegaria às vinte horas no portão do depósito do supermercado Pão de Mel. Era quando o supermercado fechava as portas. O lixo saía pelos fundos, onde ela poderia recolher quilos e quilos de caixas de papelão, antes que os lixeiros passassem.

Como em uma ratoeira

Tudo deu certo. A carrocinha estava cheia. Preparava--se para ir embora, quando um funcionário informou:

— Ô negrinha, ali no fundo tem umas latas de óleo vazando, nós vamos jogar fora. Vai pegar antes que a gente enfie nos sacos.

Manuela entrou, passou pela plataforma onde os caminhões descarregavam. Estava escuro, não achou as latas. Começou a procurar entre vidros quebrados, caixas de bolachas estragadas. Acostumou-se com a obscuridade e viu, em cima de uma pilha de caixotes, as latas de óleo.

Não conseguiu alcançá-las. Tentou puxá-las com uma vassoura velha e fracassou. Finalmente, achou uma escada e pegou as latas. Voltando, tropeçou e seu chinelo escapou do pé. Tateou o chão e não o encontrou. Não se conformava em perdê-lo. Com paciência e método apalpou com as mãos cada palmo do terreno, até encontrá-lo.

Ia sair, o portão estava fechado.

— Droga! Fiquei presa!

Bateu no portão, chamando os funcionários. Todos já tinham ido. Gastou uns minutos chamando. Gritava para avisar que ela estava presa. Ninguém. Ouviu o caminhão de lixo. Animou-se e gritou. Mas o ruído do motor comprimindo o lixo não deixou que a ouvissem. Depois de um tempo compreendeu que não tinha jeito:

— O negócio é pular o muro — decidiu-se.

Mas o muro era muito alto. O portão elétrico totalmente vedado. Procurou algo para encostar na parede e não encontrou. Lembrou-se da escada. Tropeçando novamente na escuridão, trouxe a velha escadinha. Era pequena demais. Tornou a gritar e nada. Ouviu algum barulho na rua. Apurou os ouvidos e percebeu que mexiam na sua carrocinha. Animou-se:

— Ei, estou presa aqui. Fecharam o portão e não me viram. Avisem alguém. Essa carrocinha é minha...

— Vamos dar o pinote — disse uma voz masculina. Em seguida ouviu as rodas da carrocinha pulando no asfalto ruim.

— Mais essa... Roubaram a carrocinha!

Começou a ficar com medo. Lembrou-se do Apolinho. Quando as coisas iam mal, ele pedia: "Tempo!" Deu-se um tempo, respirou fundo para não entrar em pânico. Começou a planejar como sair. Pesquisou bem a parte da frente, por onde entrara. Por ali era impossível. Nem adiantava ficar gritando: ninguém ligava.

Foi para os fundos. Estava escuro, mas talvez subindo pelas pilhas de caixas pudesse pular para o outro prédio, pedir ajuda. Começou a escalada com cuidado, os caixões ameaçavam cair. Subiu um pouco, outro, e, de repente, um jato de luz pegou-a em cheio. Assustou-se, agarrou um caixote e desabou junto com ele. Farpas de madeira arranharam-lhe o corpo, uma viga pesada bateu-lhe no ombro, caiu de boca no cimento.

— Te peguei, danada!

O facho da lanterna iluminava o rosto sangrando. Ela mal podia ver o guarda. Apertou os olhos e vislumbrou o homem grande, lanterna na mão esquerda e na direita um revólver.

— Quieta aí! Não te mexe que eu te queimo!

Quis falar e não pôde. "Minha única riqueza são meus dentes", pensou. Passou a língua e sentiu-os intactos:

apenas sangue nos lábios. Uma ponta de alívio, mas, em seguida, a dor.

— Ai!

— Quieta que eu te queimo! Deita de bruços. Mãos pra trás.

Sentiu as algemas prendendo-lhe os pulsos. O guarda tentou agarrá-la pelos cabelos, os dedos brutos escorregaram na carapinha. A mão se fechou no pescoço magro. Empurrou-a para o seu posto, dentro do supermercado. Encostou-a de cara contra a parede:

— Quieta! Não te mexe que eu te queimo...

Ouviu o telefone sendo discado. Entendeu na hora: "Vai me entregar como ladra!" Tentou falar, mas o guarda cutucou-a com os dedos duros:

— Quieta! Alô. Plantão? Peguei uma ladrona aqui. Tá algemada. É perigosa.

Uma pequena pausa e falou de novo:

— Ah, eu não dou folga, cara. Podem vir buscar a bicha.

Um guarda... heroico

Manuela não conseguiu pedir tempo. Começou a gritar. O desespero crescia com os berros. O guarda deu-lhe um tapa na cabeça e ordenou que se calasse. O berreiro progredia.

Algo lhe dizia que estava perdida. Perdida para sempre: era uma preta roubando o Pão de Mel. Quem acreditaria nela? As moscas queriam entrar na boca da sua mãe e ela fora apanhada roubando o Pão de Mel. Tremia, estava fora de si:

— Dona Estela, eu sei o que é epínoma.

Mas em vez de dona Estela, era dona Purificação quem falava:

— Manuela, você é o mal dos meus pecados...

Começou a balbuciar, "mal dos meus pecados, mal dos meus pecados". A polícia chegou. Dois soldados entraram cautelosos e perguntaram ao guarda.

— Cadê a fera?

— Ó-í — ele mostrou uma negrinha enrodilhada no chão, murmurando: "Mal dos meus pecados, mal dos meus pecados". O cabo da PM irritou-se:

— Ô sujeito! Não vê que é uma menina?

— Menina? Baita ladrona. Ia assaltar...

— Tá bom, cara — conformou-se o guarda. — Você que fez isso? Bateu ncla?

— Eu não! Nem puxei a arma. Ela caiu — defendeu-se o guarda.

O cabo suspirou. Olhou para o soldado e resolveu:

— Vamos anotar a ocorrência e levar a menina.

Tomou nota do heroísmo do guarda. Tentou acalmar Manuela e não conseguiu. O soldado teve de carregá-la no colo: estava tão apavorada que não andava.

— Primeiro vamos ao pronto-socorro.

Deitaram Manuela numa maca estreita. O estagiário de Medicina disse que ela não tinha nada. Passou mercurocromo nos arranhões, apalpou a clavícula e ficou em dúvida: dava um calmante? Uma enfermeira de muita experiência o aconselhou:

— Não seja bobo... Essas pivetes são escoladas. Sempre fazem cena. Deixa a polícia levar que já, já, ela se acomoda. Vai, menina, vai, vê se toma juízo...

Já andando, Manuela entrou no carro de presos, choramingando cada vez mais debilmente: "Mal dos meus pecados, mal dos meus pecados". O carro saiu lentamente e o cabo perguntou a Manuela onde ela morava. Ela não ouvia. Não respondeu.

— Soldado, vamos esperar que ela se acalme. Depois levamos pra casa, se ela tiver uma...

— Tudo bem, a gente rasga a ocorrência. Mas e o guarda? Aquele imbecil vai querer falar, contar vantagem. E aí?

— Vamos lá dar um jeito nele.

Quando pararam em frente ao supermercado, os PMs ouviram no radinho de pilha do pipoqueiro:

— ... então ela veio pra cima de mim com um pedaço de cano. Aí eu desguiei e peguei ela pro cangote. Tinha mais uns três com ela que fugiram. Aí eu disse: "Teje presa" E dominei ela e chamei a polícia, que me disse que eu fiz um bom serviço, que esses pivetinhos tão aproveitando de ser menor e assaltam mesmo e eles podem até matar que não vão pra cadeia, como eles sabem disso eles roubam e são uns diabos...

— Não dá mais, soldado. Agora o caso é assunto do Repórter Solerte...

Não tiveram outro jeito. Levaram Manuela para o Juizado de Menores.

Quem é inocente?

Os dois PMs foram recebidos com desconfiança no Juizado de Menores. A plantonista, uma jovem advogada, considerou Manuela com olhar crítico.

— Precisaram bater nela? — perguntou.

O cabo sentiu a animosidade e defendeu-se com calma:

— Não, doutora. Já levamos ao pronto-socorro. Olhe, não tem hematomas, nenhum sinal de pancada. Só arranhões. Não fomos nós que prendemos. Ela roubava um supermercado, tentou fugir do guarda e caiu sobre tábuas, caixas, arranhou-se toda. Está meio histérica. Viemos entregá-la. O resto é com a senhora.

— Acho que vou pedir um exame de corpo de delito...

— Doutora — aparteou o cabo — a menina não tem nada. Para dizer a verdade, o susto que ela levou já foi

41

demais. Está um trapo de gente. Até queria soltá-la...
mas ela não fala, não podemos deixá-la na rua nesse
estado...

— Espera um pouco, cabo! Nada de deixar por isso
mesmo. Vamos aos trâmites legais. Pode ser parte de
uma quadrilha, pode ser explorada por maiores. Pode
ser perigosa...

— Pode ser inocente... — comentou o cabo.

— Até pode. Mas para saber — argumentou a advogada — é preciso um procedimento legal.

Leu a ocorrência e censurou:

— Não consta o nome dela.

— Ela não está falando.

— Está bem. Deixa com a gente. Vou encaminhar.

Sentou Manuela num banquinho e perguntou, ar-
queando a sobrancelha fina: "Nome?" Nenhuma resposta. Chamou um velho comissário de menores, de muita
prática:

— Seu Zezé Josias, a criança está mal ou me enga-
nando?

O velho mediu Manuela, rodeou o banquinho. Deu
a volta por trás e soprou no seu ouvido.

— Está mal. Mas é ladrona e atrevida.

"Ladrona e atrevida", as palavras penetraram no
cérebro de Manuela como se rompessem uma couraça.
Tentou dizer que não, que era apenas "mal dos meus

pecados". Mas a boca se moveu sem emitir som. A advogada perguntou ao comissário:

— Como é que o senhor sabe?

— Muitos anos de janela, doutora. Essa pivetagem que passa aqui... um ou outro talvez não seja culpado. Mas inocente, ninguém! Pegam esses bandidinhos na rua e às vezes eles não são culpados do que se acusa. Mas a gente aperta e descobre que também não são inocentes, aprontaram outro delito...

— É... mas temos de investigar...

— Tudo bem. Até acho que eles não são responsáveis. Mas não me vem com essa de vítimas da sociedade, que eu não engulo. Está cheio de menino pobre e honesto. Por que uns têm de cair na pivetagem?

Sentou-se, observou bem Manuela. Balançou a cabeça:

— Doutora, com essa mania de direitos humanos e racismo, sei não... Pra mim preto e branco é tudo igual, mas só não vê quem não quer: de cada dez pivetes, onze são negrinhos.

— Espera aí, seu Zezé. Assim também não...

— É que a senhora é doutora, essas coisas. Cai na prática, como eu... Sai pra rua, como eu fiz em trinta anos, pra ver como são as feras.

Levaram Manuela para um quartinho pequeno, um colchão sujo no chão de cimento. Fecharam a porta e apagaram a luz. Encolheu-se num canto, abraçou as pernas, encostou o rosto nos joelhos, sentiu o ferimento dos lábios. Por dentro estava inerte, como se não existisse. Longo tempo ficou assim, mas aos poucos a névoa foi se afastando, a vida ressurgindo na alma, o cérebro revivendo.

Nunca imaginou que o pensamento doesse. A lucidez veio com dor. Não uma dor física, mas algo inexprimível, dentro do ser. Não era humilhação nem sofrimento: era dor. Transformaram-na em ladra. E quando eles fazem isso — quem são "eles" ela pensou — você *é* uma ladra. Mesmo que não seja. E tudo o que se pretende ignorar arrebenta de repente, numa explosão de lucidez. Dor. "É o que acontece com gente como eu", pensou Manuela.

"E que gente sou eu?" — perguntou-se. "Sou uma artista que sobe alto na rede e corta por cima do bloqueio. Sou uma preta que cata lixo. Sou uma aluna que sabe o que é epínoma. Declamou baixinho, várias vezes, sussurrando, até cair exausta de sono:

"Eu não era inocente
quando nasci.
Mas agora inocente me confesso.
Diante dos crimes que os outros praticam,
fiquei inocente..."

4
Os salvadores de Manuela

A impotência de tia Nhá

"Na areiiiiia,
na areiiiiia..."

Tia Nhá despertou com a dupla esganiçando o refrão. O locutor deu a hora: quatro e vinte. Poderia dormir mais um pouco. Ajeitou-se na cama, sem esticar os ossos para não provocar o reumatismo, quando lembrou: Manuela.

Levantou-se, assustada, e não a viu. Acordou Zé Mané, que, estremunhado, não deu notícias da irmã. Foi ao quintal, examinou o corredor: nem sinal da carrocinha. Saiu para a rua, tudo deserto.

Andou de uma esquina a outra. Ninguém. Sentiu-se tão impotente como no dia da morte da mãe de Manuela.

De pé no chão, recostou-se a uma árvore, atarantada com o sumiço da menina.

— Como é, vovó? Sem sono?

Era a viatura policial que rondava o bairro. Olhou os soldados com ar apatetado. Os PMs insistiram na pergunta. Ela respondeu:

— Manuela não voltou.

Contou que Manuela saíra para catar papelão no supermercado Pão de Mel e não voltara. Um soldado entrou na viatura, falou pelo rádio e disse:

— Prenderam uma pretinha roubando o Pão de Mel. Deve ser ela.

Os policiais aconselharam tia Nhá a ir ao Juizado de Menores. Ela disse que sim, mecanicamente, tonta com a notícia. Por que diziam que estava roubando? Deu as costas aos soldados e partiu, sem perceber que estava descalça, despenteada, vestindo um resto de camisola e nem sequer sabia onde ficava o Juizado.

— Vovó, volta — chamou o soldado. — O Juizado só abre às nove horas. Precisa vestir uma roupa, pentear o cabelo. Um chinelo, ao menos. Onde a senhora mora?

Olhou os soldados, um deles tão preto quanto ela; respondeu:

— Quem disse que Manuela é ladrona? Vou agora mesmo mostrar àquela gente...

A frase esmoreceu junto com a energia de tia Nhá. Dava-se conta de que era uma preta velha, sem forças para enfrentar o mundo. Sabia lavar roupa e passar fome. Como iria encontrar o Juizado? Mas lutava para não se entregar.

Seu Tavico fazia parte da legião de velhos que acordam cedo. Saiu para comprar leite, quando viu os soldados com tia Nhá. Eles lhe contaram o caso.

— Deixa comigo — disse a eles, e levou tia Nhá para casa:

— Às sete e meia venho pegar a senhora, tia Nhá. A gente vai junto e traz a Manuela, não se preocupe.

"O que é a natureza..."

O Turco fazia a barba com o radinho em cima da pia. Ouvia uma FM que só tocava música orquestrada; no mesmo ponto do *dial*, virando a chave para AM, entrava uma emissora populalesca com seus programas policiais. A FM tocava três músicas e depois os anúncios. Então o Turco virava a chave para a exploração humana. Escanhoava-se, ouviu a chamada:

— No ar, João Laerte, o Repórter Solerte.

E o esperto repórter começou seu trabalho:

— Bom dia, ouvintessssssss! Alô, dona de casa! Para você que está coando o delicioso café Vox Populi, patrocinador deste conceituado programa informativo, eis a resenha policial.

Entram música, ruídos, tiros e sirene. Volta o Solerte:

— É, amizade... quem não tem cão fila no quintal, prepare-se. Com o Estatuto do Menor a coisa ficou mole. Se antes os pivetinhos já arrebentavam a boca do balão, agora... Mas vamos lá, que eu não estou aqui para deixar a peteca cair. Vamos lá, minha gente, que a notícia é quente!

Mais que irritar, o programa consolava o Turco. Ele se consolava ouvindo esse pequeno mundo cão, como a confirmar sua teoria de que o Brasil caiu num buraco.

— ... e de quatro! — resmungava.

"Esses caras são os oráculos da sociedade", pensou o Turco. "O que eles falam é lei. Preciso analisar melhor: eles refletem a moral do povo ignorante ou constroem essa moral?" Começou a lavar a cara, ouvindo o oráculo:

— Ontem à noite, uma quadrilha de pivetes invadiu o supermercado Pão de Mel. Três negros sacudidos e uma crioula magrela entraram pelos fundos, no depósito. Tentavam arrombar a porta de serviço, quando o guarda Valdecir da Silva ouviu o barulho, saiu por uma portinha lateral e encurralou os quatro vagabundos. Agora vamos ouvir a entrevista que o seu Repórter Solerte fez com o corajoso guarda.

Ruídos. Um, dois, três e, finalmente, Valdecir no ar:

— ... logo saquei que era tudo de menor, se bem que era uns negão sacudido, cheio de saúde. Aí, dei o berro: "Teje preso". Aí eles partiram pra cima de mim tudo com estilete nas mão, e eu fui arrecuando; eu tava armado mas não sou de puxar a arma à toa. Fui arrecuando e eles, de repente, correram e subiram pelas caixas e pularam o muro do restaurante vizinho; devem ter escapado pelo estacionamento.

— Mas você prendeu a negona? — perguntou o Solerte.

— Ela se escorregou nas caixas e veio rolando. Mas se levantou com um cano na mão e partiu pra cima de mim. Eu desguiei dum golpe que, se pega... minha nossa, eu não estava aqui, hoje... Mas avancei nela, peguei pros cangotes e dominei a bicha. Sabe como é, a gente é treinado ingual polícia. Meti as algema nela e chamei a radiopatrulha.

— E a polícia levou a negona, Valdecir?

— Levou. Me elogiaram muito, até.

— Obrigado, Valdecir. Bem, ouvintes, está aí a notícia quente de ontem à noite. São seis horas e trinta e sete minutos, vai bem um cafezinho Vox Populi, hein? Vejam os senhores aonde chegamos. Quadrilhas de menores atacam até os grandes supermercados, que, como todos sabem, possuem guardas armados. Felizmente o guarda Valdecir é homem comedido; poderia ter atirado nos pivetes. Alô, doutor Carlos Mata, você, que além de grande comentarista é excelente advogado, esclareça para nossos ouvintes o que aconteceria se o guarda tivesse atirado nos ladrões.

O doutor radialista comentou, com voz abaritonada:

— Repórter Solerte, ouvintes, bom dia. Veja você as sutilezas da lei. A lei, meu caro repórter, é feita obviamente para defender a sociedade. E na sociedade brasileira, todos sabemos, os menores são uma das partes mais fracas. Por isso, almas talvez piedosas, mas não muito cientes da realidade que vivemos, conseguiram elaborar e impor o Estatuto do Menor. Por essa lei, menor não pode ser preso, a não ser em flagrante, quando está ameaçando a vida de terceiros...

Uma pausa estudada, para que todos admirassem sua sabedoria, e continuou:

— É evidente que, agredido por quatro jovens fortes, "sacudidos", no testemunho simples e honesto desse guarda, o medo poderia provocar uma reação de autodefesa. No caso, qual seria essa legítima defesa? Empunhar o revólver e atirar! E eis o drama armado!

O Repórter Solerte atalhou:

— Percebam, senhores ouvintes, a complexidade do caso, que o doutor Carlos Mata vai expondo. Enquanto eu saboreio mais um cafezinho Vox Populi, prossiga, doutor Carlos.

— Obrigado. Supondo que o guarda ferisse ou, Deus nos livre, matasse algum dos meliantes, como, em vista do novo Estatuto do Menor, ele conseguiria provar que agiu em legítima defesa? Porque, caros ouvintes, a Justiça, nesses casos, pressionada, às vezes até com a melhor das intenções, pelas várias comissões de Direitos Humanos, disso e daquilo, acaba sempre tomando uma posição que eu não diria parcial, mas favorável aos menores, sejam eles bandidos ou não. Aliás, com a nova lei, chamar menor de bandido pode até complicar...

— E para terminar, que o nosso tempo está se esgotando...

— Para terminar, caro repórter, é isso aí: o guarda, no cumprimento do dever, em defesa da propriedade, que é um direito pleno, pode se transformar em criminoso quando está, rigorosamente, agindo pela preservação da lei. Felizmente o nosso guarda Valdecir, e aqui ficam meus cumprimentos à sua frieza e equilíbrio, soube contornar o problema e tudo terminou sem mortos nem feridos.

Quando ouvia muita besteira o Turco costumava pensar: "O que é a natureza..." O pensamento perdeu-se, quando o Repórter Solerte terminou sua participação:

— Ontem a pivetinha detida não quis falar. Recusou-se até a dar o nome aos policiais e ao Juizado de Menores. Hoje cedo, convencida de que não adianta enrolar, disse chamar-se Manuela Pedreira, tem dezessete anos e estuda na Escola Santa Lúcia, onde cursa a segunda série colegial. É uma preta espigada, de quase um metro e oitenta, e deve estar mentindo a idade para escapar da lei. Até a qualquer momento e...

A mobilização dos amigos

"O quê? Manuela? Que história é essa?"

O Turco ficou perplexo. Enfiou as roupas às pressas, lutou contra a partida do carro e voou para o Juizado de Menores.

Sete e meia. Informaram-lhe que abria às nove, mas às oito poderiam atendê-lo, "porque o senhor é professor". Com a única ficha que tinha, telefonou para a escola:

— Invicta, já sabe?

— O quê, homem de Deus?

— Prenderam a Manuela.

— Manuela? Prenderam?

— A nossa negrinha do vôlei. Os cretinos disseram que ela estava roubando, com uma quadrilha. Está no Juizado; pelo menos espero.

— Meu Deus! Ela não tem pai nem mãe. Eu não posso sair. Vou mandar a Maria Estela. Não sai daí.

— Vou esperar — e desligou.

Um velho magrinho aproximou-se do Turco, tirou o boné e disse, timidamente:

— Desculpe. Eu estava ao lado do telefone, ouvi a conversa. Sou vizinho da Manuela. Esta senhora é tia dela.

O Turco contemplou o velho e o semblante sofrido da tia Nhá. O velho afirmou:

— Manuela é honesta. Não roubou nada. Eu posso explicar…

Tia Nhá venceu o medo:

— Ela estava catando papel velho, não ia roubar...

O Turco atalhou:

— Eu sei. Manuela tem uma mente matemática.

Os dois não entenderam. Seu Tavico ficou cogitando o que isso significava. Tia Nhá achou que devia ser linguagem de doutor. O Turco caiu em si:

— Sou professor dela. Nós temos certeza de que é um engano. A diretora da escola já sabe, vamos defendê-la, fiquem tranquilos.

Tia Nhá sentia-se perdida. Ameaçou chorar, começou a sentir-se mal. O Turco atrapalhou-se com a velha, seu Tavico disse que cuidaria dela e, de repente, como um pé-de-vento, chegou Maria Estela da Purificação.

— Ô Turco, o que essa gente está pensando? Já soltaram a Manuela?

Enquanto o Turco explicava o que sabia, seu Tavico pressentiu complicações. "Se esse pessoal entra explodindo", pensava, "cria caso. Autoridade é o diabo: basta alguém reclamar seus direitos que ela se ofende. Vou ter de acalmá-los."

— Dá licença — disse, aproximando-se dos dois professores. — Eu não quero parecer intrometido, mas tenho uma certa prática: fui escrivão. Nós precisamos ter calma, para não criar um clima de desafio aos funcionários... Eu sei que me entendem.

O Turco concordou:

— Eles vão me chamar, o senhor vem comigo. Maria Estela, tome conta dessa senhora... como é o nome?... tia Nhá.

— Está bem — concordou. — Mas, se não der certo, ninguém me segura; entro lá para dizer umas poucas e boas.

"Quando não faz na entrada..."

Às sete horas a notícia corria solta na escola. A garotada já sabia. Os que não sabiam, aumentavam. Era quase impossível ter aula. Jefferson (com dois efes) Alvim cutucou Marlene:

— Viu sua amiga? Encanada. Negrinha burra, hein? O que se pode roubar em supermercado? O dinheiro vai pros bancos. Nunca quis lhe falar, mas sempre desconfiei. E todo dia, você com ela...

Marlene mediu-o bem. Mulato que ele só. Pensa que é branco e que isso é vantagem. Vingou-se, chamando-o pelo apelido:

— Ah, Mazombo! Não enche o saco!

Ele saiu despeitado, o cabelinho trabalhado com gel, em ondas curtas, grudado no crânio. O caso alvoroçava os alunos.

— Lembram quando a Magal foi presa? — perguntou um.

— É diferente — respondeu outro. — A Magal só foi encanada porque estava puxando fumo na praça.

— Mas foi glorioso. Pena que não saiu no rádio pra dar esse rebu todo. Vocês já imaginaram a Magal no rádio, retrato no jornal? Ela ia dar a maior bandeira.

— Deixa de ser burro, cara. Magal no rádio? Qualé? O pai dela é comerciante. Rádio e jornal só pra preto.

— A Manuela deu azar. Cá pra nós, hein? O que preto pode fazer pra zoar? Será que ela estava roubando de farra ou...

Mas havia o outro lado, o pessoal que não acreditava na notícia.

— Vocês são bestas? Aprontaram alguma pra ela. Manuela não é ladra. Só porque é preta e pobre? Ô Marlene, você é chapa dela, fala aí.

— Manuela trabalha, estão sabendo? Trabalha duro. Alguém jogou a culpa nela. Pô! Cada uma! Acho uma sacanagem o pessoal levar o caso no deboche. A Manuela é nossa colega, gente!

Uns poucos sorriram, como a dizer: "Como é nossa colega, se é preta e pobre? Só *estuda* aqui". Mas a maioria ficou do lado de Marlene. Afinal, conheciam Manuela há uns dez anos: garota legal estava ali. E um garoto, que sempre se atrapalhava ao dar suas opiniões, enrascou-se mais uma vez:

— Ela é preta, mas é legal.

Não entendeu por que o vaiaram. Se ele estava defendendo Manuela!? Um mais sabido, com ar doutoral, explicou-lhe que ele estava sendo tão preconceituoso quanto os outros que acusavam sem saber. Que negócio é esse de "ela é preta, mas é legal"? E o coitado teve de se explicar, sem conseguir. Mas se recuperou, como sempre:

— Cacilda! Vou mudar de escola.

— Tá bom, vá... A gente entende.

— O que vocês queriam que eu dissesse? Que ela é legal mas é preta? Pô, vocês precisam entender as coisas...

Outra vaia, porém amiga. Eles entendiam...

Alguém perguntou:

— E agora? O que vai acontecer com ela?

Uma menina disse:

— Meu pai é advogado. Será que ela vai precisar?

— Vai nada. Ela é de menor.

— Não é "de menor". Ela é menor, assim é que se fala.

— Mas será que fica em cana? Vai para a Febem?

— Acho que a Febem vai acabar, deu na televisão.

Passava por ali o Apolinho.

— Apolinho, já sabe da Manuela?

— Já.

— O que vai acontecer?

— Nada. Ela não fez nada, podem crer. A Maria Estela e o Turco vão limpar a barra dela. Ela volta e tudo bem. Vamos ver, hein turma? Nada de encher o saco dela, falou?

O bando se dispersou, convencido de que Manuela era boa gente. Mas um pessoalzinho tinha suas dúvidas. Jefferson Alvim não se conteve:

— Preto quando não faz na entrada, faz na saída...

Nas barras do tribunal

Apresentou-se:

— Aristóbulo Cavalcanti Azeredo.

E retificou:

— Fiquem tranquilos. O nome é de jurista, mas sou apenas um juiz de menores. Eu conheço o senhor — disse a seu Tavico. — Ainda está na Primeira Vara?

— Não, meritíssimo. Já me aposentei.

— O senhor? — perguntou ao Turco.

— Aziz Chader Aziz, professor.

— Vamos resumir e simplificar — disse o juiz. Eu não sou muito valente. Quando chegava, ouvi aquela senhora dizendo que entraria aqui para me dizer umas poucas e boas. Portanto, já vi o caso, sei que se trata da garota.

— Meritíssimo, eu posso garantir — ia dizendo seu Tavico, mas o juiz aparteou:

— Ora, mestre Otávio... O senhor sabe como é: alguém se responsabiliza pela menina, só isso. Não houve roubo, nenhuma evidência. Ela só estava onde não devia. Conversei com ela, a sua história é razoável. Isto é, razoável se o senhor se responsabilizar por ela. Vocês levam a menina e caso encerrado.

E, de bom humor:

— Mas me protejam daquela senhora...

O Turco estava contentíssimo e já tinha soltado uns dois ou três "obrigado, doutor". Seu Tavico puxou a cadeira para mais perto do juiz e falou:

— O senhor me chamou de "mestre Otávio". Eu me lembro bem quando o senhor era advogado. Os advogados me chamavam de "mestre" para irritar aquele juiz, o senhor se lembra... Os senhores diziam que ele era muito burro e que eu, como seu escrivão, conduzia os processos.

— Mestre Otávio, a menina pode ir... — cortou o juiz.

— Mas, como o senhor me chamou de "mestre Otávio", acho que está sendo cordial. Portanto, se me permitir, queria falar uma coisinha só.

— Claro, isto não é uma audiência.

O Turco ficou irritado. O velho o tinha alertado para não criar problemas. Agora que o juiz soltara Manuela, deitava conversa! O negócio era cair fora com a menina, e logo. Mas seu Tavico falou:

— E se o senhor pedisse uma investigação? Soltar a menina é ótimo, não sei como lhe agradecer. Mas fica sempre a dúvida: ela ia roubar? Foi liberada pelo paternalismo de um juiz? Beneficiada pelo Estatuto do Menor? Meritíssimo, é uma menina preta e muito pobre. Não quero dúvidas sobre seu caráter.

O juiz recostou-se na poltrona e sorriu.

— Eh, mestre Otávio! O senhor se aposentou e continua o mesmo cu-de-ferro! Professor, desculpe. Mestre Otávio é uma figura folclórica na Justiça.

O Turco estava admirado com o velhote.

— Vamos investigar — prometeu o juiz. — Espero que o senhor tenha a certeza de que a menina é essa pérola...

— O senhor vê — continuou seu Tavico — o rádio fez um carnaval, isso marca uma pessoa. Falou, identificou, acusou e nem se deu conta que a indiciada, que nem é indiciada ainda, é menor.

— Mestre Otávio, o senhor vai querer que eu brigue com a imprensa? Eu sei que alguns abusam, mas tem toda uma situação...

— Não. Fique tranquilo. Uma investigação e o resto deixa comigo.

— Nada como as velhas amizades, mestre Otávio. Combinado.

O Turco estava boquiaberto. Então, a Justiça era assim? Um velho chega, descobre que é amigo do juiz, um papo quase de mesa de bar e tudo se resolve?

Enfim, a liberdade

Em instantes, Manuela saía com o Turco e seu Tavico. Não deram palavra. No corredor encontraram Maria Estela e tia Nhá. Manuela cabisbaixa, aturdida, um misto de vergonha e raiva. Tia Nhá adiantou-se, Manuela abraçou-a. Maria Estela passou-lhe a mão na cabeça.

— Eu não fiz nada, dona Estela. Juro...

— A gente sabe. Não precisa explicar. Agora está tudo bem. O Turco leva vocês pra casa. Na aula a gente se vê.

Manuela e tia Nhá no banco de trás. O Turco e seu Tavico na frente. Então o Turco perguntou ao velho:

— O senhor tem certeza do que pediu?

— Absoluta.

— Mas... é mesmo necessário? Não vai só mexer mais?

— Vai mexer, sim. Mas é preciso. Justiça não se faz com paternalismo. Justiça se conquista. Tem de haver luta pela verdade. Nas mínimas coisas. E olha, o que fizeram com Manuela não foi tão mínimo...

— Para falar a verdade, nem sei o que fizeram. Ouvi no rádio...

— Ouviu no rádio e acha pouco?

— Bem, estava pensando em maus-tratos, essas coisas...

— Ora professor, maus-tratos as manuelas da vida conhecem antes de nascer. Já vêm ao mundo com uma herança genética de fome, vivem com carência de tudo. Os pobres aprendem a se defender disso, é o que mais fazem. Mas as feridas da alma não cicatrizam com negligência hipócrita...

O Turco guiou em silêncio. "O velho não era qualquer um", pensou. Envergonhou-se de não ter uma análise mais precisa sobre o caso. Agiu por puro sentimentalismo. Como se adivinhasse o seu pensamento, o velho disse:

— Gostei muito do senhor e da professora. Estava precisando testemunhar uma ação solidária, humana. Às vezes isso vale mais que qualquer outra ação, digamos... menos sentimental.

O Turco olhou de esguelha, pensando que com esse diabo de velho dava para tomar umas cervejas.

— Desculpe seu Tavico, o senhor foi escrivão?

— O que o senhor quer saber é se eu tenho alguma formação cultural. Eu sou autodidata, li umas coisas, vivi o resto; a vida ensina, convivo com gente pobre, trabalhei a vida toda vendo vítimas serem acusadas, culpados transformarem-se em vítimas, essas coisas...

Tia Nhá encolhia-se no banco. Que se lembrava, nunca tinha entrado em automóvel. Era um luxo, quase pecado. Chegaram. Desceram em frente ao corredor que levava à casa de Manuela.

— Bem, eu moro ali — indicou seu Tavico. — Se quiser me dar a honra, um dia... Obrigado pela carona.

O Turco ficou olhando Manuela e tia Nhá, com aquela dificuldade de dizer alguma coisa.

— Bem... — falou, finalmente.

Tia Nhá considerava que o homem foi tão bom, foi acudir Manuela, o que ela devia fazer? Muito obrigado era pouco.

— Não quer tomar um café, seu doutor?

O Turco observou o corredor pobre, lamacento. Zé Mané encostado na mureta, pé no chão, nariz escorrendo, um sorriso amplo. Devia aceitar? Se aceitasse não iria constranger aquela gente? E se recusasse, ofenderia a velha? Olhou para Manuela, quase suplicando: "O que faço?" Nos olhos dela nenhum sinal. Estavam nulos, vagos, convalescendo para o mundo. Lembrou as palavras do velho, sentiu angústia, raiva, vergonha.

— Aceito, tia Nhá.

Entraram no corredor. Vacilaram na porta da casa. Manuela falou com voz fraca:

— Melhor ficar aqui fora, lá dentro não tem onde sentar. Senta aí no tronco, está limpinho.

O Turco sentou, desajeitado. Tia Nhá entrou e saiu de casa, aflita. Manuela percebeu. Começou a voltar à vida:

— Não tem café. Tia Nhá faz um chá...

— Aliás, eu prefiro chá — mentiu o Turco.

Manuela sorriu: esse Turco... Mas não tinha disposição. Ficou olhando o professor tomar o chá. E, de repente, riu: também não tinha açúcar. Mas a xícara era de porcelana inglesa legítima, embora sem asa. Imaginou a reação do Turco se descobrisse a origem da xícara. Mas ele só se preocupava em não queimar os dedos, trocando-a de mão.

— Turco — ela disse.

— Tudo bem, Manuela.

Ficaram assim, olhando-se, como se não se vissem. Zé Mané, curioso. Tia Nhá, atabalhoada. Por fim, ele falou:

— O chá estava uma delícia. Mas eu tenho de ir dar aula. A gente se vê, Manuela. Até amanhã.

Ela não o acompanhou. Olhou-o caminhando pelo corredor. Bom sujeito.

"Não vai haver amanhã, Turco" — pensou e começou a chorar.

5
A decisão de Manuela

Cada um com sua muleta

Decidiu abandonar a escola.

Achou que vivia uma farsa: pretinha bem-comportada, não ameaçando invadir a vida dos colegas, merecia tolerância.

— É verdade, seu Tavico. Assistia às aulas, trocava palavras, jogava vôlei. Mas existia um acordo cínico entre a turma e eu: não falávamos da minha vida. Fora a Marlene e o Apolinho, ninguém sabe quem sou eu. Nem o Turco, que é meu inimigo.

— Inimigo?

— É. A gente discute muito, nós somos inimigos. Mas ele é amigo, sacou?

— Sacou o quê, Manuela? Como é inimigo e amigo?

— É amigo porque é gente boa, o senhor viu. E inimigo porque só fala abobrinha.

— Vou começar a ser seu inimigo. Abobrinha... você sabe se expressar, para com isso. Depois, se uma pessoa discorda da gente, nem sempre está errada. E o principal: mesmo se estiver errada, não é inimiga. Aprenda a separar os conceitos. Quando muito, o professor pode ser seu antagonista, adversário de ideias. O que não elimina o fato de ser amigo, mas exclui a possibilidade de ser inimigo.

— Tô sabendo, tô sabendo... Mas por que tem de ser tudo tão certinho?

— Manuela, eu não tenho muita paciência... Estou com setenta anos...

— O senhor não se manca? Usa esses setenta anos como muleta. Fica nervoso, lá vem com seus setenta anos. E daí? A tia Nhá tem sessenta e quatro que parecem oitenta. Nunca se queixa. E sabe o que ela ganhou da vida? Porrada!

Deixou Manuela limpando a casa e foi cuidar da horta. Agachou-se para transplantar as mudas de alface e sentiu os joelhos duros, dores nos tornozelos, o equilíbrio precário. "E ela diz que eu uso minha idade como muleta", pensou. "Bem que eu gostaria, se fosse possível. Negrinha atrevida! Como é que tem esses rompantes na minha cara?... Ué! Tinha de falar com educação! Atrevida! Como se eu não me importasse com a tia Nhá. A danada não sabe que eu sofro por todas as tias nhás do mundo. Este joelho nunca foi bom, agora resolveu me humilhar. Aquele advogadinho, juiz Aristóbulo, dizendo que eu era uma figura folclórica. Ignorante! Quis dizer figura histórica. Histórica, pateta. Ele não quis me ofender, nem fazer pilhéria: é ignorância, mesmo; bom sujeito, mas confunde folclore com história. É o mundo de hoje..."

A campainha tocou. Levantou-se, atravessou, resmungando, o vasto quintal e abriu o portão. Uma pedinte, com um carrinho de criança estropiado, o menino magricela chupando pão duro, pediu-lhe um copo de água. Irritou-se:

— Outra vez? Tem um boteco em cada esquina e vem pedir água aqui? Tenho de largar meu trabalho, carregar meus ossos desgraçados, entrar com os pés de barro em casa, ouvir a reprimenda da Manuela, para lhe trazer um copo de água! Vai pedir no boteco, caramba!

— Não tem importância. Desculpe — e a mulher empurrou o seu pimpolho subnutrido.

Voltou raivoso. Jogou o corpo sobre a terra, os joelhos calcaram o chão. As mãos tremiam nas mudas de alface. Estragou uma, outra, todas. Sentou-se na terra úmida. Pensou, amargurado: "Como me preocupo com todas as tias nhás do mundo, se nego um copo de água porque me doem os ossos?" Pôs-se de quatro, engatinhou, levantou-se, gemendo. Entrou na cozinha, sujando o piso. Encheu o copo e saiu à procura da mulher.

Viu o carrinho de bebê em frente ao bar da esquina. Entrou suando no boteco. Deu a água à mulher:

— Toma!

Ela estendeu a mão, medrosa. Engoliu a água. Devolveu o copo:

— Obrigado. Já tinha bebido...

— É sempre assim — disse seu Tavico. E voltou batendo os pés, rezingando.

— Seu Tavico está ficando gagá — comentaram.

Uma utopia real

Atrapalhou-se para abrir o portão e quebrou o copo. Lutou tanto contra o trinco que Manuela foi ver o que acontecia. Assustou-se com as veias saltadas, os olhos vermelhos. E seu Tavico atacou:

— A puta que pariu! A puta que pariu, Manuela, se você não voltar à escola. Sabe quem sou eu? Sou o que chega atrasado. Pedem esmola, não dou. Vou dar, já foram embora. Ainda me jogam praga, com certeza. Surge uma negrinha, eu quero ajudar, a desgraçada não quer. Onde é que nós estamos?

— Seu Tavico, fique calmo. Vem descansar um pouco...

— Que mané descansar. Você... você...

Começou a tremer, abatendo-se lentamente, não uma queda, mas arriando o corpo, até sentar no chão. "E agora?", pensou Manuela. Mas o velho deu as instruções.

— As cápsulas, no armarinho do banheiro.

Ela trouxe as cápsulas. Ele tentou pegar uma, não conseguiu. Ela entregou-lhe, ele devolveu:

— Faz um... um... furinho no... meio dela...

Abriu a boca, suspendeu a língua e apontou com o dedo. Manuela colocou a cápsula debaixo da língua de seu Tavico.

— Pron... pron... proooonto — ele disse.

Em instantes, melhorou. Fez-lhe sinal com as mãos: calma. Uns minutos e Manuela ajudou-o a se levantar. Andou trôpego até uma cadeira de palhinha no alpendre. Sentou e disse:

— Já estou bem. Vai, vai... acaba a limpeza.

Manuela ficou enrolando. Não queria terminar. Tinha medo de conversar com seu Tavico. Será que ele teve um ataque do coração? Por que ele era tão bom, tão certinho, e de repente parecia um louco? Velho é assim? Mas tia Nhá sempre normal? Enfim, terminou. Tinha de enfrentá-lo. Planejou dar um até-amanhã e sair de fininho. Ia saindo, seu Tavico ordenou:

— Sente aí. Só ouça. Não fale, senão eu vou ficar muito nervoso.

— Seu Tavico, descansa um pouco. Amanhã a gente conversa...

— Cala a boca, caramba! Eu não disse para só ouvir? Quer me deixar nervoso?

Manuela sentou-se, quieta. Seu Tavico começou a falar.

— Eu entendo. Depois do que aconteceu você acha que não vale a pena lutar. No fundo, parece ilusão. Mas por quê? Só é ilusão quando nos iludimos. E pensando assim deixamos de lutar. É o que você está fazendo. Então se ilude de outra forma: pensando que está renegando os valores da sociedade, quando, na verdade, você está é aceitando as suas regras. Está entendendo?

— Estou.

— Pois é. Voltar à escola, enfrentar aqueles meninos ricos, o cinismo gozador de uns, o paternalismo hipócrita de outros... sei que é duro. Mas há um pouco de vontade de se fazer de vítima. O pior é que você *é* vítima. O defeito é *se passar* por vítima. Quando a vítima não luta, só representa o papel de vítima, está pedindo que a rotulem de "coitadinha". E o mundo continua entre os coitadinhos e os que têm tudo.

Cansado, falava baixinho, mas com convicção:

— Você precisa voltar à escola. Lutar contra o que der e vier. Provar que a vítima não é uma coitadinha. Conseguir um diploma, ou qualquer outra coisa que lhe seja negada por essa sociedade que nega aos pobres, aos pretos, aos velhos.

Respirou fundo, fez sinal para Manuela continuar calada e prosseguiu:

— Não é a vitória que interessa. Não é "subir até eles". É romper as estruturas. Dar-lhes uma bofetada. É dizer e mostrar: "Nós — pretos, pobres — estamos chegando. Somos iguais ou melhores. Estamos tomando o que é nosso. Os privilégios vão se acabar, vamos vencer as injustiças".

Perguntou-lhe:

— Sabe o que é utopia, Manuela?

— Sei.

— Pois o que estou lhe propondo não é. Mas eu acho bonito; sem utopia a gente não luta, não tem por que lutar. Estou lhe pedindo esta utopia: acredite em você. Eu acredito em você. É uma utopia real, Manuela. Por ela, parta para a luta.

Fechou os olhos, ofegante, mas tranquilo. Depois, voltou a falar:

— Você me deve isso, Manuela. Eu lhe devo a vida.

Manuela não entendeu.

— Lembra-se de quando eu lhe disse que iria morrer numa fogueira dos meus livros? Estava decidido, seria naquela semana. Então, aconteceu aquilo com você. E eu resolvi: vou viver! Vou viver para ficar ao lado dessa negrinha, para vê-la vencer esse mundo safado...

Um silêncio denso uniu os dois. Manuela emocionou-se com seu Tavico. Não, não era meio louco. Lutava, queria que ela vencesse. As palavras do velho a envolviam. Utopia real. Era bonito. Levantou-se devagar e beijou a testa de seu Tavico.

— E então? — ele perguntou.

— Seu Tavico, entendi tudo. Mas não volto à escola.

Em discussão a pessoa humana

No terceiro dia em que Manuela faltou, o Turco começou a inquietar-se. Os professores lhe diziam para não se preocupar. Passando uns dias ela voltaria com o ambiente mais tranquilo, os alunos esquecidos do caso. Uma semana depois o Turco achou que seus colegas estavam acomodados. E começou a pressioná-los.

Sugeriu que alguém fosse ver o que estava acontecendo. Dona Invicta julgava o caso complicado. Maria Estela completou:

— Além de complicado é delicado.

Então o Turco perdeu a paciência:

— Pô! Vocês vão me obrigar a fazer um discurso?

— Calma, Turco, o caso é difícil mesmo — respondeu a diretora. Mas ele não se conteve:

— É, solidariedade só mesmo de classe. É isso aí: um bando de professores de classe média, com seus probleminhas de aluguel, prestação do carro, sonhos de consumo, a vidinha regrada... o que têm a ver com uma negrinha?

— Espera aí, Turco, que agressão é essa? — protestou Maria Estela.

— Agressão, o diabo! — continuou o Turco. — A verdade é que vocês já satisfizeram a consciência quando tiramos a menina do Juizado. E agora não querem se envolver com uma pretinha que cata lixo. São os pruridos da classe média.

Alguém quis falar, mas o Turco foi rude:

— Calem a boca! Vocês se sentem bem com suas boas intenções... Não quero saber de boas intenções. É uma questão moral e prática! Uma menina, preta e pobre, não quer voltar às aulas por uma série de motivos. É nossa obrigação ajudá-la, mesmo contra sua vontade. Não me obriguem a humilhá-los, explicando por quê.

— Turco! — interrompeu Maria Estela. — Você pensa que é o único humanista do mundo?

— Não sou humanista droga nenhuma. Não sou nada. Só não sou cínico para me iludir que ter falado com o juiz foi o suficiente. Eu exijo que vocês, nós, tomemos uma posição firme.

— Ah, meu filho, devagar com o andor! — disse a diretora. — Quem você pensa que é?

— Sou um homem!

Fez-se um silêncio pesado. Um desconforto moral instalou-se entre os mestres. A copeira atenuou a tensão:

— Olha o cafezinho...

Colherzinhas tilintaram no silêncio, misturando o açúcar no café, que desceu amargo pelas gargantas. A orientadora educacional arriscou:

— Talvez o Turco tenha razão...

Dona Invicta achou que era seu dever contemporizar:

— Em tese, tem. Só que ele mistura as coisas. É muito fácil fazer discurso bonito. Assumir o risco é outra...

— Risco? — perguntou o Turco, indignado por achar que a diretora estava cedendo a dois ou três pais de alunos que viam no afastamento de Manuela uma "boa solução" para a escola. Maria Estela tentou recompor:

— Não julgue pelas aparências. Mas é difícil, Turco. O que podemos fazer? Agora me deixa falar... Nós damos aulas em duas, três escolas. É verdade: prestações, aluguel, é uma loucura. A maioria de nós não tem tempo para nada.

— Mas... — ia dizendo o Turco e Maria Estela atalhou-o:

— Caluda! Agora quem fala sou eu. Não é que a gente não se incomode com a Manuela. Só que eu não sei...

Silêncio.

Inesperadamente a discussão mudou de tom. Apolinho lamentou-se:

— O time baixou a produção.

— Só pensa em vôlei, Apolinho? — censurou Maria Estela. E a discussão afrouxou, perdeu a tensão. O técnico continuou abaixando a temperatura:

— Nós tínhamos um esquema: bola alta para a cortadora, levantada do meio da quadra. Sem a Manuela é impossível. Precisamos mudar o estilo... e perdemos consistência no bloqueio.

Um bom humor tímido entrou em cena.

— Timinho vagabundo que você armou, Apolinho. De uma jogadora só... — comentou surpreendentemente o Turco.

— Nada disso — defendeu-se o técnico. — O time continua com grande potencial, só que, mudando o esquema, demora-se para acertar novamente. Como vamos treinar pro campeonato estadual? Com ou sem a Manuela?

— Apolinho — voltou à carga o Turco — você dizia que o segredo era a bunda das meninas...

Dona Invicta ficou brava:

— Olha o nível, Turco. Você começou com um discurso moralizante e agora vem com esse linguajar.

Maria Estela indignou-se:

— Você estava tão indignado e agora debocha? É um assunto sério. Está em discussão a pessoa humana...

— Gostei do "pessoa humana", Maria Estela — atalhou o Turco. — Mas um pouco de humor não faz mal. Me diga uma coisa, quem é pessoa desumana?

— É você, turco besta.

— Ordem no tribunal — apelou dona Invicta, serenando os ânimos.

Confabularam, discutiram, ouviram os mais estranhos palpites e, por fim, ficaram em dúvida. Dona Invicta decidiu que alguém deveria falar com Manuela. Indicou um:

— Você, Turco. Afinal, você afirmou que é homem, que é uma questão moral e nos acusou de alienados da classe média.

— Eu não — recusou-se o professor. — Chego e não sei o que falar. Depois, eu sempre brigo com a Manuela. Melhor é a Maria Estela. Ela é meio bruta...

— Bruta, eu? É o fim do mundo!... Nunca esperava... — e ficou amuada. O Turco tentou consertar:

— Não é isso. O que eu queria dizer...

— O que você queria dizer, disse — emendou Maria Estela.

— O que eu quero dizer, minha querida, é que você, quando precisa, sabe jogar duro. Se a menina vier com conversa atravessada, quem melhor que você para um "cala a boca, escuta aqui"?

Maria Estela não se convenceu:

— É... devia ter me aposentado. No fim da carreira ouvir que eu sou bruta!

Apolinho, muito esperto:

— Tem razão a Maria Estela. Não se trata uma dama dessa maneira. Ainda mais a Maria Estela! Se há alguém de classe nessa escola, é ela. É preciso um pouco mais de respeito — e piscou para o Turco.

— Está bem, eu fui grosseiro — desculpou-se o Turco. Maria Estela, aceita meu humilde arrependimento?

— Deixa. Vamos ao que interessa — ela respondeu, gratificada pelas palavras de Apolinho.

— Você vai? — perguntou-lhe dona Invicta.

— Não. Não dá certo. Uma professora ir falar com a Manuela fica parecendo coisa oficial. Que tal uma colega dela?

— Mas quem? — perguntou dona Invicta.

— Uma do vôlei — propôs Maria Estela.

— Mas a Marlene não joga vôlei — disse o Apolinho.

— ????? — boquiabriram-se todos.

De repente, descobriram. Sem querer, Apolinho lembrava da melhor amiga de Manuela. O Turco sussurrou no ouvido do Apolinho: "Por que ela não joga vôlei? Não tem bunda?"

Apolinho, imediatamente, falou:

— Dona Invicta, o Turco está dizendo...

O Turco empalideceu, Apolinho continuou:

— ... que realmente a Marlene é a melhor solução.

Chamaram a Marlene. Rodeios, perguntas e por fim Maria Estela deu-lhe a missão:

— Marlene, você tem de ser espiã, trair um pouco sua amiga, tudo pelo bem dela. Topa?

— Topo, ué...

Nada. Conversa travessa

Os professores não sabiam que Marlene já tinha tentado convencer Manuela a voltar à escola. Agora, iria lhe dizer que não só os alunos mas também os mestres queriam a sua volta.

À tardezinha estavam sentadas no tronco. Marlene lembrou de uma antiga conversa:

— Manuela, um dia você se queixou de que não tinha nenhuma herança cultural negra. Fora a cor da pele, nada da África. Mas acabo de descobrir uma ligação com os seus antepassados.

— Qual é?

— O tronco...

— "Trabaia, trabaia, nego" — cantarolou Manuela. Começaram um diálogo travesso.

— Nega não tá cansada de trabaiá? — perguntou Marlene.

— Cansa não, sinhazinha. Nega gosta de rêio e trabaio. Neguinha aqui fica filiz, filiz, lavando chão de branco e comendo as sobras. Mas num prixisa dá tudo o resto não, deixa um pouco pros porcos — Manuela falou, imitando aquelas negrinhas de filme americano. Depois, ficou séria:

— Sabe o que me deixa doida da vida? Escola de samba... Aquele bando de negros fantasiados de conde, barão... já vi até preta beiçuda sair de Maria Antonieta. De vez em quando uma escola resolve fazer um enredo "da raça", como eles dizem. Sai uma salada que é o próprio samba do crioulo doido e metem de destaque tudo quanto é branco rico.

— Cuidado, Manuela, vão lhe chamar de racista...

— Uma vez fui assistir ao concurso de samba-enredo da escola aqui da vila. Um puxa-saquismo sem tamanho. Tinha um com um refrão mais ou menos assim:

"Salve o nosso prefeito,
homem bom e sem defeito,
dá verba pro carnaval,
ele é fenomenal."

— E a escola ecoava: "FENOMENAAAAAL!" Comecei achando graça. Depois fui me irritando. De vingança, compus um samba. Samba não, os primeiros versos; dei para um compositor acabar, mas fui embora e não soube o resultado daquilo.

— E como era o samba?
— Assim:

"Ai, tempos bão,
os tempos da escravidão:
os nego na senzala,
o sinhozinho no salão.

Salve os tempos bão,
ai, que saudade
da escravidão!"

— Pô, Manuela! Você não tem vergonha?
— Vergonha? Fiquei com raiva daquela negrada bajulando prefeito, vereador, em troca de fantasia de papel crepom.
— Não deixa essas ideias caírem na boca do povo...

Artimanhas do silêncio (I)

Quedaram-se em silêncio amigo. Pensando em nada as duas, olhando nuvens... Estariam os beija-flores em mutação? Quem pensou? Tanto faz. Eram amigas em silêncio. Os pensamentos cruzam, invadem as cabeças, depois não se sabe quem pensou o quê. Beija-flor tranquilo, pousado no fio. Isso não é próprio de beija-flor, que vive no ar, asas em movimento.

Silêncio assim dura pouco, embora se pense a eternidade. Os devaneios desembaralham-se e cada cabeça inventa seus próprios enredos. Manuela olhou os pés de Marlene. Os dedos certinhos, unhas arredondadas, esmalte cor-de-rosa. Olhou os seus. Encolheu os dedos. Um pé magro, bonito. Aquele preto fosco, liso, sem as minúsculas gretas da pele de muitos negros. Mas as unhas estavam lascadas, sujas. O calcanhar grosso, amarelado. Lembrou-se do anúncio de um creme, a moça loira massageando os pés. Poderiam chamar Marlene para fazer o anúncio. Ela é que não.

O silêncio ofendeu-se. Instalou-se para nuvens e beija-flores. O que tem a ver uns pés?

— "Pelo dedo se conhece o gigante." Já ouviu falar? — perguntou Manuela.

— "Quem com o ferro fere, com o ferro será ferido." Cada besteira, Manuela!

— Besteira? Olha minhas mãos. São mãos do quê?

— Gozado. Parecem mais de pianista do que de jogadora de vôlei. Seus dedos são longos e delicados...

— Bobagem. Olha meus pés.

— O que tem? É pé...

— Olha os seus e olha os meus.

— Preto e branco.

— "Pelo dedo se conhece o gigante."

— Ai, meu Deus!

Silêncio ofendido se enfada. Amuou. Nem nuvens nem beija-flores. Suor e poeira que o calor é muito. Na quietude amiga, as almas se calam e não precisam falar mais que pensar. Na secura muda, quer se dizer e não se fala. Pescam-se palavras com anzol quebradiço e isca perversa. As palavras não fluem, escapam.

— Manuela, estou aqui numa missão secreta.

— "Segredo é pra quatro paredes."

— "E o peixe pro fundo da rede."

— Pescar com rede é antiecológico. Qual é a isca, Marlene?

— O campeonato estadual de vôlei, hã-hã...

— O Apolinho que lhe mandou?

— Que nada. Todo o mundo: Invicta, Purificação, Apolinho, todos me pediram: "Vai lá, espiona a Manuela, vê como ela está e convence a menina a voltar". O Apolinho pediu: "Diz pra ela que o campeonato está chegando, a gente precisa treinar"... Essas coisas.

— Você não contou que eu já me decidi a não voltar?

— Eu, não. Era capaz de ficar pior: eles podiam mandar uma comissão de alunos, um bando de imbecis pra te encher o saco.

— E agora? O que você vai falar para eles?

— Sei lá. Que você acha?

— Marlene! Não joga isca.

— Que isca! É que não sei o que dizer. Manuela, você não tem saudades da escola? Não da turma, eu sei que tem pouca gente legal…

— Não, a maioria é legal, sim.

— … eu falo é da escola, mesmo. Do time de vôlei, por exemplo. A gente via você jogar com uma gana…

— Claro que eu tenho saudades, né, Marlene? Se quer saber, eu sinto falta. Não é só do vôlei. Das aulas. As aulas da Maria Estela… Até quando ela virava Purificação eu gostava. Só que não dá mais, você já percebeu isso.

— Se eu falar uma coisa, não diz que estou jogando isca, tá?

— Tá.

— Que raio de revolta é essa? Todo o mundo ficou do seu lado!

— Quem disse que é revolta?

— Então, o que é?

— Você não vai entender…

— É vergonha?

— Corta essa. Vergonha… imagina!

Artimanhas do silêncio (II)

Dessa vez um silêncio azul, neutro. Os pensamentos bem separados: "Como dizer o que eu sinto, se sinto e não sei? Como abrir uma caixa de segredos, se não tenho a chave?" As pás de um helicóptero cortaram o azul. Acima dele, mais claro; abaixo, bolhas de calor. Uma voz prometia laranjas doces como mel a preços de pechincha.

— Pechincha! Palavra estranha, hein, Marlene?

— E pinchinchinha? Minha mãe me chama de pinchinchinha, não tem no dicionário.

— O que é?

— Coisinha bem pequena. Meu pai diz que o certo é pichititinha, isso tem no dicionário.

Cinco dúzias de laranjas doces como mel saem pelo preço de três. Dois urubus planavam no azul. Em algum lugar, um menino quebrava coquinho na calçada.

— Vou tentar explicar, Marlene. É um grilo só meu, entende? Não tem nada a ver com injustiça, essas coisas. De repente eu me vi como sou. Dentro do peito quebrou-se... Uma voz: "Não adianta, Manuela, você não vai conseguir". O que mais posso aprender na escola? Pouco. Não vou fazer faculdade, nem sequer cursinho. Isso está na cara. Prosseguir é caminhar para a desilusão, é nadar e morrer na praia. Mas não é assim tão simples, entende? Porque, se já dói agora, imagino depois, na hora da verdade, mesmo...

— Você está com medo do futuro?

— Não. Estou apavorada porque não tenho futuro.

Os urubus ascendiam. Batiam asas preguiçosamente e planavam, subindo. Um risco era nuvem, quase feito a régua. O menino mastigava as castanhas do coquinho. Um mendigo pegou metade do coco e planejou fazer um cachimbo. Marlene olhou o pé de azaleia. Esbranquiçado, meio morto. Floresceria na primavera. Um cambará escandalizava de flores; o ano todo sorrindo.

O silêncio entristeceu-se. A nuvem começou a arquear-se, esgarçando-se nas pontas. Laranjas doces como mel. O vento refrescou a tarde, mas o menino, quebrando outro coquinho, bateu a pedra no dedo.

— Manuela, e o vôlei?

— Quando me der vontade eu procuro um clube, quem sabe...

— Tchau, Manuela. Sábado eu pinto por aqui.

Manuela foi pro tanque e começou a lavar os pés. Iria tratar as unhas. "Pelo dedo se conhece o gigante."

6
Provando a inocência de Manuela

Vida é quando a gente respira

Recomeçar foi fácil.

O ferro-velho financiou uma nova carrocinha. E lá foi Manuela pelas ruas, na velha profissão. Ao contrário do que esperava, suas "freguesas" não a ligavam ao caso do supermercado. Já não tinha aulas, nem lições. Acumulava lixo o dia inteiro. O dinheiro aumentou. Deu-se ao luxo de comprar um tubo de pasta de dentes para o Zé Mané. E quase um palmo de fumo Tietê para tia Nhá.

Mas não era a mesma coisa. À noite abria os livros, folheava os cadernos, fazia exercícios de matemática. Num concurso realizado pelo Turco ganhou um dicionário de matemática. "Cardioide" é uma curva plana do quarto grau com formato de coração. Palavra feia para uma curva tão bonita.

— Zé Mané, o que é curva?

— Um risco torto.

— Dez em imaginação. Zero em conhecimento. O que é reta?

— É régua de pedreiro.

— Por que de pedreiro?

— De costureira é torta.

— Dez em observação. Zero em conhecimento.

— Passei de ano?

— Raspando, hein?...

Enganava a saudade da escola. Batia uma tristeza, abria o diário. Lia aqui e ali.

"... veio o pessoal da funerária e pediu um adiantamento para tia Nhá. Ela não tinha dinheiro. Foram embora. Dona Pina chamou a polícia, que obrigou a funerária a levar minha mãe. Dona Pina foi de porta em porta pedindo dinheiro e o deu a tia Nhá. Foi assim que enterramos minha mãe. Mas não houve velório. Levaram minha mãe morta e ela desapareceu da minha vida, so ficou na lembrança."

Fechou depressa o diário.

Ficou pensando: "Anne Frank, sim, podia. Escreveu um diário tão triste e virou sucesso. Todo o mundo lê até hoje. Minha vida não dá livro, nem filme. É muito triste. Não, eu não acho triste; por mim, tudo bem. É triste para eles. Quem vai ler? Ver o filme? Só se for da Anne Frank, aí acham triste, mas lindo.

Seu Tavico pensa que conheceu meu pai. Conheceu nada, quem ele pensa que é meu pai é o pai do Zé Mané. Curva é um risco torto. Minha mãe dizia que meu pai morreu. Tenho minhas dúvidas. Acho que ele foi embora, como o pai do Zé Mané. Mente matemática é mente superior. Mãe não abandona os filhos. Nem tia Nhá, os sobrinhos. Einstein poderia catar papel? E o Zé Mané poderá inventar uma teoria da relatividade?"

— Zé Mané, o que é a vida?

— É quando a gente respira.

— Deixa de ser bobo...

— Então para de respirar pra ver!

Tia Nhá, sonolenta, escutava o rádio. Manuela lembrou-se do conto que Maria Estela mandou a turma ler. "Era de Clarice Lispector, a história de uma moça que ouvia um programa de conhecimentos gerais, no rádio. A moça (um nome gozado, qual é?) ficava deslumbrada. Será que ela aprendeu que cardioide é... Pena não ter televisão. O time de vôlei de Cuba só tem preto, foi vice--campeão do mundo." Decidiu-se: "A partir de amanhã não abro mais este diário, nem folheio cadernos; só vou ler romances que eu pegar na biblioteca".

— Tia Nhá, não esquece de desligar o rádio quando dormir.

O velho começa a investigar

Seu Tavico desconfiou que não haveria investigação. No começo trataram-no bem, diziam-lhe que estavam trabalhando no caso. Com o tempo, desculpavam-se, estavam atarefados, pediam que ele ficasse tranquilo. Depois o evitavam e, por fim, demonstraram que ele estava sendo inconveniente.

As caras azedas que o recebiam eram explícitas: "Não liberamos a negrinha? O que o senhor quer mais?" Seria inútil dizer-lhes que buscava justiça. Resolveu agir por conta própria.

A primeira providência foi conhecer o guarda Valdecir da Silva. Plantou-se uma manhã à porta do supermercado. Às seis horas o homem deixou o serviço. Seu Tavico chegou, com bons modos:

— Bom dia. Desculpe abordar o senhor, mas ouvi sua entrevista no Repórter Solerte. O caso daquela menina...

— A negona? Quase me matou. Se ela me acertasse com a barra de ferro, eu estava porco.

— Porco? — estranhou o velho.

— É. Estava morto.

— O senhor disse que tinha mais gente com ela.

— Mais quatro negrão; não, três.

— Pois eu acho que não tinha ninguém.

— Que que é, ô cara? Tá me estranhando? Ô vovô, vai cuidar dos seus netos, desguia...

Seu Tavico respondeu calmo:

— Esse é o problema, amigo. Não tenho netos. Estou cuidando daquela menina. Vamos conversar numa boa ou você quer que eu chame a polícia?

— Que é que foi? Não tenho tempo, velho. Trabalho a noite inteira, tá sabendo? Não sou vagabundo, viu? Agora tenho que ir dormir que à noite pego no trampo.

— Está bem, então vou chamar a polícia.

Valdecir balançou:

— Qualé, amizade? Que o senhor quer?

— Que você me conte a verdade.

— Já falei pro repórter. A polícia me elogiou. A negona tá em cana. É perigosa. Ela é tua parente, ô velho? Olhaqui: não quero rolo comigo; só fiz minha parte. O resto não sei.

— O resto você inventou. Agora vamos conversar direitinho: você me conta a verdade e pronto.

— Mas... Oquió, senhor tá me deixando nervoso. Eu sou trabalhador, viu? Então, um cara fica aí de guarda, prende o ladrão, e depois vem esse papo que o senhor tá falando? Não sei nada não, hein? Quero conversa, não. Eu já tô indo. Eu já tô indo.

— Amanhã eu volto com a polícia.

— Peraí, velho. Que papo é esse? Vam, vam, vamo conversar pra lá, que tá ajuntando abelhudo, não gosto de papo-furado, não.

Andaram em silêncio até a esquina. Seu Tavico falou:

— Você pensa no que eu falei. Amanhã a gente continua a conversa. Se você vier com grossura, já sabe: chamo a polícia. Até amanhã.

Velho, doutor e cidadão!

Deixou Valdecir confuso e foi tomar café na padaria. Era cedo, a conversa não durara dez minutos. Esperou a chegada dos descarregadores.

Falou com um, com outro, contou o caso de Manuela. Ninguém se comprometia. Um deles disse:

— A negrinha era conhecida nossa. Vinha sempre catar papelão. O senhor desculpe, mas achamos que ela estava assuntando o terreno. Quando viu como era, entrou e ficou esperando os negão da quadrilha. Não sabemos mais nada, nós largamos às oito, oito e meia.

O velho não desistiu. Ficou por ali, ia e vinha, passava em frente ao portão. Observava um, outro. Analisava os trabalhadores. Fez-se notar acintosamente. Encarou um por um, estudando-lhes a reação. Levou bem três horas assim. Os homens descarregando caminhões, levando caixas e ele encarando o pessoal.

Hora do almoço. Os homens largaram o trabalho. O velho decidiu-se por um:

— Foi o senhor quem falou das latas de óleo à menina.

O homem atrapalhou-se:

— Doutor, eu não sei de nada. Tenho nada com isso...

— Mas foi o senhor quem falou.

— Doutor...

— Eu não sou doutor — respondeu seu Tavico começando a se irritar. "Pobre tem essa mania de doutor. Quem engraxa sapato neste país, vira doutor. É doutor praqui, doutor prali, é o país dos bacharéis. E o que é pior: quando eles chamam de doutor, já estão dando alforria pro sujeito mandar e desmandar. Que diabo de doutor coisa nenhuma. Mas... se ele me chama de doutor, está com medo. Mas eu não sou doutor coisa nenhuma." E atacou:

— Eu não sou doutor, entendeu? Eu sou cidadão. Cidadão é mais que doutor. Mete isso na cabeça: cidadão. Um cidadão tem direitos, não é um doutorzinho de merda. Eu sou um cidadão, entendeu? Portanto, se dê ao respeito, eu sou um cidadão!

— É que eu não sabia, seu doutor cidadão.

— Agora já sabe. Como é que foi?

O homem estava medroso. "Cidadão devia ser um perigo, mais que doutor, pois não adivinhou que era eu só de olhar?" Começou a se desculpar:

— Doutor cidadão, é o seguinte. É de fato. Mas eu não posso falar, seu doutor cidadão. Eu que disse pra

90

ela: "Vai lá nos fundos que tem óleo". Mas é proibido entrar estranho no depósito, se eles ficam sabendo eu perco o emprego. Seu doutor cidadão, o senhor não vai me dedar, né?

— Não. Nem você perde o emprego. Está protegido pela lei. E como ela ficou presa?

— Porque o gerente chegou. O serviço estava pronto e ele mandou fechar o portão. Eu sabia que a negrinha estava lá, mas fiquei com medo de falar, porque ele ia me perguntar: "E quem deixou entrar?" Então, me punha na rua. Aí eu pensei: "Essas negrinhas estão acostumadas, ela se vira, pula o muro". Só que deu zebra, né doutor?

— Já disse que não sou doutor.

— Desculpa, seu doutor cidadão.

— Pode ficar tranquilo; amanhã você vai me repetir essa história e não lhe acontecerá nada. Até amanhã.

Agora, faltava o mais difícil. Como concatenar tudo de forma a evidenciar o erro? A demonstrar que Manuela era inocente? Sabia do que precisava, mas convencer os maiores responsáveis seria uma luta.

No reino da casa própria

A emissora funcionava num velho sobrado. Entrava e saía gente miserável por todos os lados. Havia um pequeno auditório, com umas trinta cadeiras, separado do palco por um vidro. O palco na verdade era o estúdio onde um locutor atendia ao telefone, contava piadas e dizia o nome das músicas que alguém oferecia a alguém. Cheirava a suor, alienação e burrice — o alimento da miséria humana.

Um luminoso a néon berrava em vermelho e verde: ZYR 13, Rádio do Povo. Seu Tavico perguntou a uma mocinha por João Laerte. Ela olhou o velho de cima a baixo e esclareceu tamanha ignorância:

— Ele não é artista. É repórtis. Lá do outro lado.

Dirigia-se ao outro lado, quando chegou um carro de reportagem. Perguntou ao porteiro pelo repórter.

— É aquele — indicou.

Falar com João Laerte foi fácil. Difícil era prender-lhe a atenção. Ele ouvia respondendo a um, apertando a mão de outro, alisando uma fã que se encostava, gritando "já vou" para os estúdios. E quando seu Tavico, perdendo a paciência, terminou, ele comentou:

— Que coisa, outra negrinha roubou o supermercado? Está virando moda. O senhor sabe que há uns quinze dias a gente deu uma notícia igual? Já vou, puxa! Estou atendendo aqui o coroa, o senhor, o senhor… Vem cá, fala com a secretária, dá as dicas que a gente vai fazer a reportagem.

Os corredores ouviram o protesto solene do velho:

— Ô puta que pariu!

Abriu-se um vácuo. Seu Tavico ficou no meio de olhares espantados. Numa fração de segundo pensou em desistir. "Valia a pena tratar com essa escumalha?" Mal pensou, bradou:

— Escumalha!

Mas radialista é escravo da hora: João Laerte teve de sair para "entrar no ar". Foi para os microfones fazendo gestos de "sei lá o que deu no velho". No corredor, seu Tavico estava sem ação: ia embora? Esperava? O quê?

Acercou-se um sujeito maneiroso, passado dos cinquenta anos. Apesar do calor, terno tropical azul-marinho, listrinhas brancas. Na lapela um distintivo estranho: a imagem da Justiça, aquela cega com a balança —, de pé sobre um microfone.

— Amigo — disse, conciliador — as coisas são assim mesmo. Vamos sentar aqui na minha sala. Qual é a sua graça?

Seu Tavico pensou em lhe dizer que não tinha graça alguma, mas precisava se conter.

— Otávio…

Não o deixou terminar:

— Veja o senhor, seu Otávio. Tem gente que fez a inscrição há anos e até agora, nada. Nada! Nenhuma explicação. As pessoas apelam ao João Laerte, mas está tudo parado — cá pra nós, o prefeito está vacilando —, bem, aí ficam nervosas.

Seu Tavico começou a se indagar seriamente se estava mesmo ficando gagá. O mundo seria tão surrealista assim? Antes de dizer que não estava entendendo nada, o homem continuou:

— Também, seu Ramalho, Otávio, Otávio, desculpe, há o problema da idade. O senhor não passou da faixa? Claro, senão... Me dá o protocolo.

— Mas que protocolo?

— Seu Ramalho, Otávio, sem o protocolo o funcionário não pode localizar o processo. Olha, traz o protocolo amanhã que eu vou pessoalmente com o João Laerte resolver o caso. O João Laerte é meio apressado, mas o senhor sabe, com ele é batata. E seu Rama..., Otávio, com uma mão se lava a outra, a gente quebra o seu galho e o senhor ajuda o João Laerte a se eleger.

— Mas que galho! Que eleger! Quero lá derrubar árvore? Quero lá meter mais um boçal na Câmara?

— Mas... mas? — surpreendeu-se o homem do rádio.

Seu Tavico estava outra vez sufocado pela irritação. Lembrou-se de que era preciso manter a calma e, contendo-se, conseguiu dizer:

— Estou aqui por causa da Manuela.

— Manuela? Quem é Manuela? O senhor não estava na fila da casa própria? E eu perdendo meu tempo. Saco de rádio bagunçada! Vai procurar outra fila, seu Ramalho, o que seja. Comigo é só casa própria, tá entendendo? Casa própria e a campanha do João Laerte.

"Passei do tempo", pensou seu Tavico. "Estou velho demais, já não sei como o mundo funciona. Que loucura! Onde vim me meter? Casa própria distribuem aqui! Não é no palácio do bispo, nem no bordel, nem na prefeitura. É aqui, no corredor, na fila dos desgraçados, em troca de votos para aquele boçal. Passei do tempo!" E lá se foi o velho, balançando a cabeça.

O ataque era outro

Sentiu a mão forte sobre o ombro, puxando-o contra o peito. A voz chegou primeiro, depois viu o rosto de João Laerte:

— E aí, seu Zé? O que era mesmo? Não fica nervoso, a gente vai ver. Ah! A notícia daquela negrinha. Então? O senhor acha que é quente? É igual àquela, uns quinze dias...

— Escuta aqui, moleque — destemperou-se seu Tavico. Abre uma porta, entra numa sala, fecha a porta, senta e me ouve. Senão eu grito outra vez "puta que o pariu"! E olhe que eu não gosto de palavrão. Me obrigando a ser vulgar!

Não foi a raiva de seu Tavico que intimidou o repórter. Foi o medo de o velho ter um infarto, discutindo com ele. Abriu a primeira porta, mandou sair um rapaz, acomodou seu Tavico e pediu-lhe calma.

— Estou calmo — respondeu o velho, arfando. — Agora senta e escuta. Mas deixe-me tomar um fôlego.

— Tudo bem. Vou trazer uma aguinha pro senhor.

Serenados os ânimos, seu Tavico refrescou a memória do atabalhoado repórter. Lembrou-lhe como ouviu no rádio a reportagem. Contou como os fatos ocorreram realmente e a conversa com os funcionários do supermercado.

— Entrei numa fria — lamentou-se João Laerte.

— Você, não. A menina. Você vai ser o quê? Deputado ou vereador?

João Laerte olhou-o e ponderou se não seria uma cilada. Não devia ser, o velho não blefava.

— Deputado seria melhor... Só vereador, por enquanto.

— Pois é, e a menina cata lixo. Não lhe ocorre que você sobe na vida à custa dessa gente?

— Aí também não. Até que eu defendo os pobres...

— Traficando inscrição para a casa própria?

— Não é bem assim. O senhor não sabe como funciona. Essa gente, sem mim, nem sabe como fazer a inscrição.

— Menino esperto. Em troca do que o prefeito lhe dá essa vantagem? De você ficar quietinho, fechar os olhos para certas coisas, ser cúmplice de outras, e o pessoal votando...

— Não é *beeeemmm* assim... eu tenho boas intenções...

96

— Se um dia acontecer uma revolução, sabe o seu fim? Fuzilam você. Depois, a imprensa do mundo inteiro vai protestar: totalitarismo executa repórter, fim da democracia no Brasil.

João Laerte examinou o velho, sem saber o que dizer. Tão falante... era fácil conversar, mentir, inventar e até falar a verdade. Mas o velho podia ter um ataque. E se ele morresse? Melhor chamar o doutor Carlos Mata. Chamou pelo telefone e logo chegou o advogado comentarista. Ao reconhecer o velho, espantou-se:

— Seu Rama... Otávio, o senhor me disse que não era da casa própria, mas o Repórter Solerte atalhou:

— Calma, Guru. Ouve só a história. Repete pra ele, seu Otávio.

Ciente dos fatos, o comentarista comentou:

— Seu Otávio, só falando como mocinho de filme americano: macacos me mordam! Mas nós vamos pensar no caso, o senhor fique tranquilo...

— Eu não estou tranquilo e já pensei no caso — retrucou seu Tavico, de pressão alta. — Eu quero uma providência, já e agora. O que vamos fazer agora, já, para consertar isso?

Os dois radialistas se entreolharam. O comentarista pediu um tempo para conversar com João Laerte a sós.

Uma vitória com estilo

Conversavam em outra sala.

— Solerte, se esse velho vai na rádio rival, arma-se a polêmica. Jogam-lhe na cara que você explora os pobres para fazer cartaz, essas coisas, adeus, Câmara Municipal.

— Mas eu não fiz nada, Guru — defendeu-se o repórter.

— Claro que fez. Você é tão burro que não percebe.

— Pô, e agora?

— Agora... Bom, se os fatos estão errados, vamos torcer para que a versão tenha saído corretamente. Como é que você deu a notícia? Você leu o boletim de ocorrência?

— Que boletim? Não tinha ocorrência. O guarda telefonou à noite, contou a história direto no ar. No outro dia de manhã gravei uma entrevista com ele.

— Você é uma mula, Solerte. Se o velho engrossa, não tem como negar que houve sensacionalismo. Ele tem o depoimento do funcionário que deixou a menina entrar. O guarda também está nas mãos dele. Percebe a gravidade do caso?

— Guru, posso fazer pressão em cima desses dois, eles calam a boca...

— Muuuula! Você é burro mas não é canalha. Ou já é? Garotão, seja esperto, meio malandro, mas se virar canalha não conte comigo, sacou? Seja esperto. Não lhe ocorre nada?

98

— O quê, Guru?

— Agora você vai ser bonzinho. Vai ser o justiceiro dos pobres. Vamos pegar essa garota, se preciso até dar um dinheirinho, e romancear a vida dela. Mostraremos que ela foi vítima de uma injustiça, recuperamos a menina e diremos que você também, na sua boa-fé, foi enganado por um grande mitômano...

— Que fria!

— Fria, nada. Fria será se o supermercado cortar os anúncios, pressionar a direção. O mais difícil é fazer as coisas sem envolver o supermercado. Vamos ver o que o velho quer... talvez ele se contente só com essa explosão de raiva. Vamos.

Encontraram seu Tavico calmo: a cápsula sob a língua funcionou mais uma vez. Sorrisos, "toma um cafezinho?", e o doutor radialista Carlos Mata perguntou:

— Fundamentalmente, seu Otávio, o que o senhor deseja?

— Nada que complique vocês. Também não sou nenhum dom Quixote. Só peço o seguinte: — fez uma pausa, achou o café açucarado, e continuou:

— Eu fui escrivão da Primeira Vara toda a minha vida. Sei elaborar um depoimento e vou fazer um para cada um de vocês, sem nada que os comprometa legalmente, mas com um valor ético. Escreverei toda a verdade. Vocês assinam. Registro em cartório e fim.

O doutor radialista se irritou:

— Mas isso é chantagem!

— Não. É justiça. Não farei nada com o testemunho de vocês. Nem se pode chamar de um documento, porque não será passado em juízo. Vou guardar comigo, é um capricho meu, mais para provar a mim mesmo que se pode fazer justiça. Fiquem tranquilos, não vai ser usado contra vocês.

O doutor radialista tentou ser definitivo:

— Nada feito. O que podemos fazer é entrevistar de novo o guarda, demonstrar que ele mentiu. Ouvir o funcionário, gravar um depoimento com a menina. João Laerte dirá que foi enganado, que a negrinha foi vítima de um mitômano e irá apresentá-la como pessoa honesta e íntegra. Desse jeito faremos justiça e salvaremos a honra da menina. O que o senhor quer é chantagem.

— Já disse que não é chantagem. A chantagem vou fazer agora.

Os radialistas encolheram-se. Seu Tavico ameaçou:

— Se os senhores não concordarem, eu levo os depoimentos dos dois funcionários do supermercado àquele repórter da outra emissora, o João Laerte deles, e digo que vocês mentiram, caluniaram e se recusam a reconhecer a verdade. Essa é a chantagem. O que me dizem?

João Laerte ficou pálido. Carlos Mata teve vontade de esganar o velho. Mas compreenderam que seu Tavico estava decidido. Sabiam que a situação era grave. Carlos Mata pensou em segundos que não apenas João Laerte se prejudicava: com ele, ia o prestígio da emissora, sua reputação como mentor dos noticiosos, o fim da sua respeitabilidade. Ficou olhando sério, silencioso, o velho tranquilo.

— Máquina de escrever e papel, por favor — pediu seu Tavico.

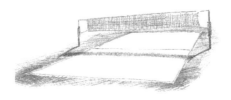

7

Nem cravo nem canela. Manuela

Licenciosidade: a rima podre de liberdade

— A culpa é da Maria Estela — provocou o Turco.

Muito deprimida, ela não se deu ao trabalho de responder. Como imaginar tamanho descalabro? "A minha culpa", pensou, "foi não prever tal podridão."

Vendo que Maria Estela o ignorava, o Turco atacou Apolinho:

— Maria Estela invadiu o seu departamento.

Mas nem Apolinho dispunha-se a gracejos. Os acontecimentos abalaram a escola. Era uma reunião depressiva. Ninguém sabia como sair da armadilha. O Turco desistiu de levantar o ânimo dos colegas com pilhérias e declarou:

— Não inventaram animal pior que pai de aluno.

— Pai, mãe, tia, irmão... — acrescentou dona Invicta.

— Tem uns avós, também — completou a orientadora educacional.

— Foi uma cilada do destino — desabafou Maria Estela.

— "Cilada do destino" é bom, Maria Estela — estimulou o Turco. — Sua biografia pode ter esse título. Esquece suas poesias inéditas e escreve um romance: "Cilada do destino"!

— Ordem no tribunal — pediu dona Invicta. — Tem saída?

Um coletivo balançar de cabeças desanimou a todos.

Teria sido algo corriqueiro. Todo ano Maria Estela pedia a análise das manchetes dos jornais de um dia. Dividia as classes em quatro turmas: cada uma analisava as construções gramaticais esdrúxulas que a imprensa vinha adotando, a falta de artigos nos títulos, o vocabulário. Como isso poderia ter gerado um problema tão grande? Estudavam se os dois grandes jornais de São Paulo, outro que explorava assuntos popularescos e um de esportes. Comparavam-se os quatro e pronto. Qual o problema?

Ritinha. Rita. Rita Cabrita que virou Rita Cadilaque.

Eis o problema. Pelo menos assim pensava Maria Estela. Não fosse a Rita, tudo teria sido normal. Tanto é que no período da manhã, trabalhando com os mesmos jornais, não houve drama nem comédia. Mas à tarde estuda Ritinha. Rita Cabrita, agora com o apelido de Rita Cadilaque.

— Salta muito e tem um saque violento — informou Apolinho.

— Mas o novo apelido não é pelo saque? — perguntou o Turco.

— Cala a boca, Turco — repreendeu dona Invicta. Apolinho matreiramente apoiou o "pito":

— Eu fico indignado, dona Invicta, o Aziz...

— Quem é Aziz? — perguntou um professor.

— O Turco, ora! — E o Apolinho prosseguiu: — É um sujeito com uma cara séria, quarentão, parece um senhor de respeito, tem estirpe de professor antigo, e, no entanto, só debocha...

O caso foi que um dos jornais que Maria Estela mandou analisar, naturalmente o "popular", saiu, justo naquele dia, só com manchetes pornográficas.

— Pornografia é pouco — lamentou Maria Estela. — Foi uma agressão ao mínimo bom gosto. E com o caso da Rita...

Naquele dia, a manchetona do jornal era: NINFETINHA LOUCA POR FUMO E MÉ. Logo embaixo vinha uma espécie de submanchete: PAU NA SOGRA LIBERADO. Se não bastasse, entre outras do gênero, no pé da primeira página, a razão da tragédia:

PASSARAM A MÃO NA RITA CADILAQUE.

E foram esses "edificantes" títulos que os alunos analisaram... Um gaiato não teve a menor dúvida: recortou vários jornais e pregou pela escola a manchete sobre aquela Rita Cadilaque.

A outra metade da missa

Tudo acabaria sem maiores dramas, se outros gaiatos não começassem a assobiar quando a Rita passava. Até aí, ela levou na esportiva; dois, três dias, eles esqueceram. Mas houve um jogo de vôlei. E a cada bola que a Rita sacava ou rebatia, a garotada se empolgava em gritos, terminando por cantar em refrão a maldita manchete.

A menina perturbou-se, errou um saque, deixou escapar uma bola e, por fim, abandonou a quadra, chorando. Chegou em casa aos prantos, humilhada. Os pais pressionaram e ela contou. Indignados, passaram a acusar a professora descuidada: como mandava os alunos lerem um jornal tão indecente? "Exigimos providências!"

— Que providência podemos tomar? — perguntou dona Invicta.

Nenhuma resposta. Talvez o tempo consertasse as coisas. O que se pode fazer num caso desses? Os alunos já tinham entendido que a brincadeira fora de péssimo gosto, não agrediriam mais a colega. No entanto, Rita faltara dois dias. Os pais, furiosos, ameaçaram tirar a filha da escola, falar com o delegado de ensino.

— É a segunda que eu perco — suspirou Apolinho.

— E da missa você não sabe nem a metade — deixou escapar dona Invicta.

— Tem mais? — perguntou Apolinho.

— Tem — desabafou a diretora. — Eu não contei para não aumentar o drama. Dois pais de alunas que jogam vôlei vieram me dizer, antes de saberem que a Manuela não voltaria, que não deixariam suas filhas jogarem com uma ladra.

— Ô mundo cão! — reagiu o Turco.

— O que vocês esperavam? — perguntou a orientadora educacional. — Esta escola é sede de um conflito: ricos e pobres, juntos e separados... A classe média reage assim mesmo. Claro, não são todos, mas três ou quatro levantam o problema, outros se solidarizam até inconscientemente...

— Nós fracassamos — lastimou-se, chorosa, Maria Estela. — Não conseguimos educar essas crianças nem para o elementar da vida...

Dona Invicta discordou:

— Nós educamos alunos, não seus pais. Apesar de tudo, embora as crianças também já estejam contaminadas pelo consumismo e preconceitos da sua classe social, ainda são puras. Nós não temos problemas com elas. Elas são racionais. Superam crises. Já mamãe e papai...

O Turco deu sua opinião:

— Imaginem que nós somos uma escola pública, teoricamente para o povo. E o que temos? Dois períodos que parecem a síntese da luta de classes, pô!

— Eu queria um mundo mais fraterno — disse Maria Estela.

Dona Invicta não se conteve:

— O que você sabe do mundo, Maria Estela? Mandou os alunos lerem aquela porcaria e agora vem falar de um mundo fraterno...

Antes que Maria Estela chorasse, o Turco falou:

— A Maria Estela não tem culpa, Invicta. A gente dá aula como se estivesse fora do mundo. É isso aí, Maria Estela, você paga o preço da aliena... da pureza. "Cilada do destino"... aposenta e escreve esse livro. Agora não estou brincando, juro, como dois e dois são quatro.

— Caetano Veloso diz que às vezes são cinco — emendou Apolinho.

— Claro — confirmou a orientadora educacional — o mundo é um número imperfeito.

Então, a secretária Perpétua, que nada tinha a fazer ali, deu seu palpite, sempre acatado:

— Gente! Isto está parecendo o Muro das Lamentações. Vamos parar com esse papo. O mundo está errado não é de hoje. Qual é o nosso problema? Não são os pais da Rita? É simples: explicamos sinceramente a eles o que aconteceu e, se não concordarem, que tirem a menina, pronto. O Apolinho que arranje outra jogadora... Gente!

— Não é que ela tem razão? — concordou dona Invicta.

— Sempre tem razão. Mas seus conselhos não funcionam — criticou o Turco.

Com ou sem razão, prevaleceu a coragem de dona Perpétua. A reunião terminou em cafezinhos açucarados, bolachinhas e uma geral insatisfação com o governo.

— Ele é o culpado — garantiu Maria Estela da Purificação.

Herói sem nenhum caráter?

Não foi difícil para seu Tavico completar o trabalho. O guarda Valdecir tentou escapar, insinuou que o repórter lhe sugeriu exagerar um pouco, para a notícia "ficar mais quente". Depois confessou que mentira. Mas, disse a seu Tavico, tinha aprendido duas coisas, desde criança: homem não chora e não mente. Por fim, quase chorando, assinou o papel que seu Tavico lhe estendera.

Os dois policiais que recolheram Manuela também foram localizados pelo velho. Ouviram, pensaram e ficaram em dúvida se não seria irregular esse tipo de depoimento.

— Deve ser — opinou seu Tavico. — Nesses assuntos quase tudo é ilegal ou contra o regimento. Por isso as vítimas perdem sempre.

— Vamos pensar — respondeu o cabo.

— Pensem — retrucou seu Tavico. — É só um trabalho a mais que me dão. Enquanto vocês pensam, vou entrar com uma representação no Juizado, pedindo o depoimento oficial de vocês.

— Eu acho que é melhor. A gente não tem nada a esconder — ponderou o cabo.

— Sei — concordou seu Tavico. — Só ajudarão a explicar por que não houve exame de corpo de delito. E por que não informaram que o guarda mentiu quando contou aquela história de quadrilha, e de mais três assaltantes... Se vocês assinarem, não precisa nada disso: só afirmam que recolheram a menina, ferida, em estado de choque, e não viram nenhuma barra de ferro.

— Espera aí, o senhor está fazendo chantagem.

— Já ouvi isso antes.

— Se nós assinarmos agora, parece que ficamos com medo. Nós agimos corretamente...

— Mas foram um tanto omissos. Escutem: eu sei que vocês são boa gente. Sabem que eu não estou enrolando, nem vou complicar. Assinem... Eu já expliquei, é a forma de obrigar a menina a voltar à escola, um desejo pessoal de fazer justiça.

Olharam-se e resolveram:

— Assinamos.

Seu Tavico tirou cópias autenticadas. Registrou em cartório. Chamou Manuela e entregou-lhe um envelope com o "processo":

109

— Está tudo aí. Fica mais que provado que você é inocente e foi vítima de um guarda mentiroso e da exploração de um radialista idiota. Se fosse nos Estados Unidos você poderia até ficar rica: o supermercado e a emissora teriam de indenizá-la. No Brasil...

Manuela nada disse. Não sabia como reagir. Deveria agradecer? Mas já não ligava para aquilo. Seu Tavico parece que adivinhou o que ela pensava:

— Hoje em dia as pessoas não ligam e esquecem. Perdeu-se a capacidade de indignação. Perde-se a memória... Estou decepcionado com você, Manuela.

— Mas seu Tavico...

— Decepcionado porque você esquece muito fácil. Não luta. Entrega-se. O que acontece quando se entrega? O supermercado continua pagando salários só aceitos por despreparados. Estes, uns pobres coitados, falam no rádio. Repórteres exploram a ignorância popular. E o exemplo que você passa é que tudo é assim mesmo, não adianta...

— Mas seu Tavico...

— Abandonou a escola, e outras como você, quando tiverem a primeira dificuldade, pensarão: "A Manuela tinha razão, não adianta". Sabe o que você é? É a "negrinha que conhece o seu lugar". No esgoto. No porão do mundo. Vai embora, vai catar lixo!

Ela ficou estática, olhando o velho. Fugiu, chorando. No canto do quarto, sentou-se, abraçou os joelhos, escondeu a cara, enrodilhada, a pensar. Então, aquele velho fez tudo aquilo, enfrentou até a morte, salvo sempre por uma cápsula com um buraquinho no meio, para quê? Para que ela ficasse na mesma? Quieta, jogada fora como, como, como uma negrinha que conhece o seu lugar?

O sangue ferveu nas têmporas, os pés e as mãos esfriaram. Lembrou-se: "Preto, retinto, filho do medo da noite, o herói sem nenhum caráter. Um malandro. Dandá pra ganhá vintém". Corriam os pensamentos mais loucos pela sua cabeça. Assustou-se. Percebeu de repente que ficara anestesiada. Tinha perdido as emoções. Mesmo agora, apenas um susto. A surpresa de ouvir o velho falando quase com desprezo. Mas e os sentimentos? A vergonha que sentia ainda não sangrava. Então a alma arrebentou e ela reviu sua vida como num filme, os últimos acontecimentos aniquilando-a e tanta gente lutando pela sua inocência.

O Turco. Seu Tavico. Todos acreditavam nela, nenhum lhe perguntou nada, todos *sabiam* que ela era inocente. E ela duvidou de tudo e de todos. Seu Tavico...

"Não sou Macunaíma", pensou. "Tenho caráter. Mas me falta força." Sentiu-se fraca, derrotada. Chorou.

Quando pinta o amor

Um dia terrível. O céu anunciando chuva. A carrocinha pesada, a rua comprida. Manuela vinha tristonha, o suor brilhando na cara. Para quê? Não tinha ou não queria a resposta. Voltar à escola, cortar uma bola, festejar a vitória. Coisas boas tão distantes... Pensando assim se castigava, culpando-se por ter abandonado tudo.

Lembrava-se de um romance em que o personagem, azarado na vida, em vez de reagir, ficava procurando os motivos para a reação. "Será este o meu caso?" — e era um nunca-mais de perguntas sem respostas.

Pisou em falso num buraco, quase caiu, e o rapaz que a seguia tomou coragem:

— Posso ajudar um pouco?

Ela encarou uma espécie de Mike Tyson bem-acabado, sem aquele pescoço grosso, os mesmos olhos espertos e a força animal, embora faltasse a cicatriz no alto da testa.

— Pode — respondeu agressiva. — Todo mundo quer me ajudar e diz que eu não deixo. Agora é isso aí: quer me ajudar, ajuda. Vem cá, empurra a carrocinha.

O rapaz se surpreendeu. Ela continuou falando duro:

— Vem! Roupinha limpa, tênis novo. Vem sujar as mãos no lixo.

Ele começou a empurrar a carrocinha, em silêncio. Cem metros adiante, sorriu-lhe. E Manuela aprendeu a força de um sorriso. Desarmou-se. Teve vergonha de estar suada e suja. Foi possuída por uma timidez imensa, perdeu a petulância. Uma pontada de felicidade tocou-lhe o peito.

— Quando estou trabalhando fico mais sujo que você. Sou mecânico. Meu nome é Nicolau — ele disse.

O meu é Manuela. Deixa que eu levo a carrocinha.

Não... Sabe que é até gostoso? Mas vou arranjar uns rolamentos, deixam as rodas mais macias.

Foi assim que Nicolau entrou na sua vida. Devagar, falando manso, e, de repente, era seu dono. Mas não tão de repente: era algo que ela sentia, esperado. Só não imaginava que fosse assim: por acaso, fácil e simples, momento tão ansiado que a resistência se quebrou ao primeiro sorriso.

"Então é assim?", perguntou-se Manuela. Mas não teve tempo para surpresas nem dúvidas. Nicolau entrou em sua vida e agora penetrava nos seus sonhos. Adormecendo, o corpo se expressava em suspiros com a lembrança dele. Bem melhor assim: existia alguém quando ela se abandonava, sonhando sem dormir, adormecendo com a pele ouriçada pela fantasia. Era assim e era bom.

Manuela fez coisas que a envergonhariam se não fosse o sorriso manso de Nicolau. Depois de uma semana negando, foi a uma discoteca. Era pouco mais que um galpão, com música barulhenta. Espantou-se ao ver o pessoal saracoteando. Pensou em seu Tavico: "Se ele souber..." Mas Nicolau puxou-a para dançar e o som a inibiu. Ficou parada, olhando o namorado: o corpo jogado para trás, olhos fechados, estalando os dedos, Nicolau parecia em transe.

Manuela achou que era demais. Saiu da pista. Demorou para Nicolau perceber que dançava só. Pegou-a pelo braço e levou-a para longe.

— E aí? — perguntou-lhe.

— Um horror — reclamou Manuela.

— Como se chama aquele negócio que tampa a visão dos cavalos, para eles não desviarem os olhos da estrada?

— Não sei. Viseira?

— Sei lá.

Nicolau colocou as mãos nas orelhas de Manuela, fingindo desafivelar um cabresto. Puxou o invisível freio da boca. Passou as mãos diante dos olhos dela.

— Que é isso? — ela perguntou.

— Estou tirando a viseira dos seus olhos.

E, muito calmo, explicou:

— Agora você pode olhar as coisas por inteiro. Sabia que é um pé no saco esse negócio de "não volto à escola"? Guria, qualé a tua? Não vou passar sermão, você já sabe tudo. Agora vamos tomar sorvete que você é muito ruim de dança, credo!

O Boca-Fresca

Manuela reabriu seu diário:

"Quando Nicolau me tirou a viseira, eu não olhei para a frente, nem para os lados: olhei para dentro. Vi uma negrinha burra, cortando forte todas as bolas. Só que tão forte que jogava todas as bolas fora da quadra. Vi um coral desarmônico de raiva: seu Tavico, o Turco, Marlene, muita gente protestando: 'Ô estúpida! Assim você vai acabar como sua mãe, catando lixo até morrer!' E o maestro era o Nicolau, encolhendo os ombros e dizendo: 'É isso aí...'

Já que eu não sou a Anne Frank e ninguém vai ler este diário, posso confessar: eu tenho vergonha de voltar atrás. Pode ser orgulho, imbecilidade, amor-próprio, o diabo; a verdade é que eu tenho vergonha de voltar com o rabo entre as pernas. Talvez, se acontecesse alguma coisa..."

Não acontecia nada. Aconteceu tudo... Aquelas coisas que uma garota confidencia e a outra jura não contar a ninguém e acaba contando. Marlene não parava de especular:

— Como ele é?

— Um Mike Tyson bem-acabado.

— Mas você me disse que preferia os loiros de olhos azuis — provocou Marlene.

— Não chateia.

— Bom, e daí? — insistiu Marlene.

— E daí, sua chata, que quando ele me abraça eu sumo dentro dele.

— Pô, Manuela, ele é maior que você?

— Mais largo, né?...

— Manuela, conta!

Bem que ela gostaria, mas certas coisas todos adivinham e ninguém conta. "Pelo menos", pensou, "não conta tudo." Como se explica a emoção? E um beijo?

— Ele tem a boca fresca — disse Manuela, e sentiu seus lábios batendo nos dentes de Nicolau. Mas como contar aquela pressão macia e o encontro das línguas?

— Boca fresca, hein? E o que ele faz?

— Conserta a parafuseta da rebombacha da espiroqueta-mestra da lingueta superior da mosquetela esquerda da agulheta da rebimbela.

— Isso é mecânica ou cirurgia do miocárdio?

— Ele é mecânico de automóveis, e faz supletivo do segundo grau. Diz que vai passar e tentar a faculdade de geologia em Ouro Preto; lá ele tem onde morar e trabalhar.

— Se ele tem a boca fresca, tudo legal... Amanhã é o jogo decisivo do nosso vôlei. Você vai assistir comigo e a Rita?

— Vou.

— Vocês podiam estar jogando, suas pestes.

Uma questão psicológica

— Turco, quero que você vá comigo, para ajudar a consolar as meninas — pediu Apolinho.

— Você não pode pensar assim. Esse negativismo passa para elas. Pirou, Apolinho?

Apolinho explicou calmamente que não podia reformular uma equipe em quinze dias. Primeiro, perdeu Manuela. Adeus, cortadas pelo alto. Armou outro esquema, em cima do saque forte da Rita. O pai proibiu a menina de jogar. Desequilibrou-se a equipe.

— Elas estão acostumadas a vencer, Turco. Justo amanhã, na decisão para a vaga do campeonato estadual... Nadamos, nadamos de braçada e vamos morrer na praia — lamentou-se Apolinho.

— Mas não tem jeito? Nem se a garotada em peso for torcer, fizer um carnaval? Nós temos a vantagem psicológica.

— Foi anulada, Turco. Já sabem que a Manuela e a Rita não jogam. Agora a vantagem psicológica é deles.

— Escuta, Apolinho. Quando ecoar o nosso grito de guerra — "bun-da! bun-da!" —, a meninada se reanima...

— Não é hora de piada, Turco.

— Não é piada. Vamos pensar um jeito de ganhar esse jogo.

O time de vôlei tinha vencido todas as partidas. Mesmo com a saída de Manuela continuou vencendo. Com mais dificuldades, mas vitorioso. Porém ia enfrentar o campeão da outra escola, numa final que disputava a vaga para o grande campeonato do estado. As meninas abalaram-se mais com a saída da Rita que com a de Manuela. "Era uma questão psicológica", não se cansava de explicar o Apolinho.

— Psicologia de basquete pra mim se resolve é no berro — contestou Maria Estela.

— Não é basquete, Maria Estela, é vôlei — corrigiu Apolinho.

— Mesma coisa. Joga com o pé, com a mão, é jogo.

— Joga-se com a cabeça, também, Maria Estela — ensinou o paciente técnico.

— Então vamos dar a famosa injeção de ânimo...

— Só tem um porém, Maria Estela: o time agora está mais fraco mesmo — confessou Apolinho, entregando os pontos.

O Turco começou o ataque:

— O mais fraco do time é você, Apolinho.

Maria Estela decidiu que também iria ao jogo, com o Turco.

Chegou o dia e a hora da decisão. Parecia jogo da seleção brasileira. Tinha até televisão: direto não era, mas passaria na hora do esporte. Um repórter entrevistou os dois técnicos e lembrou que foi num desses campeonatos colegiais que se revelou a famosa Fernanda Vendramini, hoje nas quadras do mundo. E, fora do microfone, perguntou ao Apolinho:

— Disseram-me que vocês têm uma crioulinha fantástica.

— Está contundida — mentiu o técnico.

As equipes entraram juntas, o público estudantil quase derrubou o ginásio municipal. As duas torcidas digladiavam-se:

— Bun-da! Bun-da!

— Fe-ras! Fe-ras!

— Nosso grito de guerra é uma vergonha, Turco — comentou Maria Estela.

— Você está ficando velha, minha flor. Aposente-se ou entre na dança...

O grande saque do Turco (I)

Começou o grande jogo. Apolinho reanimou-se. Não seria um vexame total. Suas meninas iam encostando: 3-4, 3-5, 4-6, 4-7, 4-8 — ficaria perigoso se abrisse mais, porém 5-8, mas logo 5-9, 5-10, 5-11. E, quando parecia que não tinha mais jeito no primeiro *set*, 10-11. "Tempo!" — pediu o outro lado. Apolinho aproveitou e deu as instruções:

— Elas pediram tempo porque sentiram a nossa reação. Vamos lá, só precisamos empatar para vencer. É só um ponto. Se fizermos onze, ganhamos. Vamos lá!

Mas o que deu foi dozc, treze, catorze e quinze. Perderam o primeiro *set*.

— Não tem importância — mentiu Apolinho. — A gente se entrosou. Já sabemos o que fazer. Olhem aqui, nós vamos... — e deu as instruções para o segundo *set*...

... que foi desastroso. O adversário imprimiu um jogo veloz e alto. Em vinte e quatro minutos, quinze a quatro. Apolinho olhou, assustado, para o Turco, pedindo socorro. Perderiam também o terceiro *set* e adeus.

Quem mais sofria não era Apolinho nem as meninas. Ele já esperava, elas tinham o consolo de estar lutando. Quem mais sofria eram as duas na arquibancada, juntinhas, numa angústia só: Manuela e Rita.

O Turco, ao começar o terceiro *set*, passou os olhos pelo público. Viu as duas. "Canalhinhas!" — pensou. — "Por causa delas vamos perder. Eis que o *set* começa com a vantagem das suas meninas. De repente, três a zero. "Será que viramos?" — perguntou-se. Prestou atenção no jogo. Logo, 3-1, 3-2 e 3-3. Achou que olhar dava azar. Ficou observando os torcedores. O grito de "Fe-ras!" "Fe-ras!" esmagava o "Bun-da!" "Bun-da!" Olhou o placar e constatou: seis a três para as inimigas. Agora, já eram inimigas aquelas meninas da outra escola. Não olhar também dava azar. "Nós vamos perder e tudo vai por água abaixo!" — compreendeu, amargurado.

— Maria Estela, você acha justo? — perguntou.

— Que merda, Turco!

— Maria Estela, você disse um palavrão...

— O que se pode fazer? — desculpou-se a professora.

— Você vai ver, Maria Estela, vou mudar esse jogo.

Saiu pulando pernas e empurrando gente quando veio o sétimo ponto das inimigas. Agachou-se diante de Manuela e Rita:

— Olha o que vocês estão aprontando! Se vocês estivessem lá, estaríamos ganhando. Adeus, tudo! Vocês não têm caráter. Duas, duas... duas marias-mijonas! Covardes de uma figa! Estou arrependido, Manuela, devia deixá-la em cana. E você, Ritinha...

— Se eu jogasse, meu pai me mataria — choramingou Rita.

— Então você deixa a escola morrer? Rita, entra no jogo, Rita, não vou nem pedir para a Manuela porque ela não tem fibra, é covarde demais. Entra, Rita, eu juro que domo seu pai.

Nisso, nove a quatro para as Feras. Rita pulou como uma cabrita, correu até Apolinho e gritou para o assustado treinador:

— Me arranja um calção. Já estou de tênis, vou entrar.

Fizeram uma cerquinha, ela vestiu o calção ali mesmo, na quadra. Enfiou a camiseta e entrou com 6-11. Quando a garotada viu a Rita, a gritaria não teve tamanho. As colegas se entusiasmaram. E, de repente, treze a treze. Não é que venceram o terceiro *set* com um saque da Rita quicando quase na risca, fechando o décimo quinto ponto?

Numa maldade calculada, o Turco disse a Manuela:

— Vai embora, você dá azar. Não precisamos de você.

O grande saque do Turco (II)

As lágrimas correram mansamente. "Também o Turco me manda embora. Acho que ele não quer" — pensou Manuela —, "mas é o que todos sentem. Eu não sei lutar. Mas, também, não quero, será que eles não entendem? Eu não quero e não devo. Um jogo é um jogo, minha vida..." Mas as lágrimas teimavam em cair e ela parou de pensar. Começava o quarto *set*.

— Turco, você está conseguindo — disse Maria Estela.

— Reza, Maria Estela, reza. Vou esperar até a metade desse *set*. Se a gente ganhar, se passarmos por ele, você vai ver o que eu apronto.

Esperou, mas viu que perdia tempo. O quarto *set* era das Feras: já estava 4-10. Mais cinco pontos e as Feras seriam campeãs. Não via como as meninas da sua escola poderiam fazer mais onze pontos. Teria de agir rápido. Voltou à Manuela:

— Você está dando azar. Não vai embora?

Ela não disse nada, atenta ao jogo. 5-10. O Turco falava, ela não ouvia. 6-10. O Turco assustou-se com o pulo de Manuela: Rita tinha enfiado outro saque, 7-10. Olhou para o placar e constatou que as meninas estavam virando o jogo. Mas logo, 7-11. Então, começou a falar em voz baixa, segurando o rosto de Manuela, para ter certeza de que ela ouvia.

— Manuela, se nós perdermos, tudo bem, faz parte do jogo. O que me dói, Manuela, é assistir a sua derrota. Sua falta de fibra. Se você tivesse garra, estaria na quadra, só para calar dois safados que pressionaram a escola...

Nem percebeu que estava 11-11. Com voz trêmula, ainda em dúvida se era ética ou não a sua jogada, disse:

— Dois pais disseram que tirariam suas filhas do time se você voltasse. Não queriam com elas uma negrinha ladra...

— O quê? — ela perguntou.

— Isso mesmo. Dois imbecis venceram você. E você não luta. O que você está fazendo na vida? Tchau, Manuela, esqueça de mim e dos seus amigos, da escola...

E estava mesmo triste ao levantar-se. Tanto que nem entendeu a algazarra: suas meninas tinham ganho o quarto *set*, provocaram um quinto para a decisão.

Quando é preciso lutar

Confusa com a notícia, Manuela também não percebeu direito a virada. Ficou sentada, daquele jeito dela, aparentemente sem pensamentos, mas avaliando tudo. E começou o *set* final. As Feras vieram com força. Manuela recompôs-se, olhou o jogo, percebeu que jogava fora muita coisa. "O orgulho é um sentimento idiota", pensou. Seria por orgulho que se recusou a voltar à escola? Balançou a cabeça, jogando fora as lágrimas. Olhou o placar e entendeu a tragédia: oito a três para elas. "Não pode ser" — pensou — "nós somos as melhores. Todo o time de vôlei ficou do meu lado e eu abandonei a turma. Por quê?" E pulou pernas, empurrou gente, enfrentou vaias e quase caiu em cima do Apolinho, justo quando ele pedia tempo.

— Eu posso entrar?

Primeiro a surpresa. O susto. Manuela? Quer entrar? Rodinha, gente, pra Manuela pôr um calção. Vestiu-se, correndo; jogaria descalça porque nenhum tênis lhe serviu. Mas tinha os pés bem-tratados: "Pelos dedos se conhece o gigante", pensou, sorrindo. Apolinho instruiu:

— Como antigamente! Marreta o saque, Rita. Bola alta para a cortada da Manuela.

Mas a diferença era grande: 6-11. No entanto, Manuela subia, cortava. Rita sacava. Outra fazia uma "deixadinha". 12-13, ainda as Feras na frente. 13-13. 14-13 para o inimigo. 14-14. "Vamos para os dezessete pontos! Firme, turma!" — berrava Apolinho. 15-14 para elas. E 15-15. E Manuela subiu, 16-15. Mas as Feras reagiram, 16-16. Quem primeiro fizesse os dezoito seria campeão. O saque era delas, fizeram mais um ponto: 16-17. As Feras venciam. A bola cai não cai, vem lá do fundo, quase passando a rede para fora. Manuela sobe.

Alcançará? Alcançou. Retomou o saque.

Rita deu o saque com veneno. Rebateram mal, bola na rede: 17-17. Amorteceram a bola inimiga, com calma. Trabalharam o lance. A bola subiu para Manuela cortar.

Manuela subiu, subiu. Parecia ter asas. Sorria, levando o braço direito para trás, retesando os músculos da mão. Planou o braço esquerdo no ar, um pouco para baixo, equilibrando-se, ganhando força. Passou o bloqueio e teve a exata sensação de que iria mudar o mundo.

Encheu a mão na bola branca. Começou a descida olhando a bola ir de encontro ao chão. Ninguém mais a segurava. "Vamos em frente, Nicolau!" — pensou. — "Ai está, seu Tavico, Turco, todos!" — Bateu os pés nus no chão e a bola explodiu na quadra. Vencemos!

Nem cravo nem canela. Manuela.

AUTOR E OBRA

O gato de *Alice no país das maravilhas* espia matreiro e pergunta: "Quem és tu?" Tinha de ser um gato. Gato não olha, espia. O tom da pergunta é malicioso: ele sabe que a resposta será mentirosa. Por mim, responderia: "Isso é pergunta que se faça?"

Já se percebeu que as palavras são o esconderijo do escritor. Esconderijo precário, revelando quando não diz. Mas imaginem se a resposta fosse verdadeira. Que vexame!

Não tenho coragem de escrever sobre mim. Sou o tipo do *Poema em linha reta*, de Fernando Pessoa. Sou aquele que tropeça no tapete e leva porrada. Portanto olho com irritação o gato espiante. Não basta desconfiar quem sou, terei ainda que confessar?

Há sempre a saída pela tangente. Enfileirar umas palavras sobre literatura, o homem, os jovens, todo esse material que serve para mascarar o que realmente se pensa.

Não serve. Esconder-me nas palavras é melhor que a fuga covarde pela mentira.

Falemos sobre a doce *Manuela*.

Abomino esse negócio de literatura "infantojuvenil". Literatura é ou não é. Existem as gradações, ninguém nasceu Machado de Assis. Mas literatura é ou não é. *Doce Manuela* é um romance que escrevi com amor. Ficarei frustrado se ele for rotulado de "literatura infantojuvenil". É um romance de amor e esperança. À primeira vista alguns poderão pensar que é uma denúncia contra a pobreza, a injustiça, o racismo. Também, mas principalmente trata-se de amor e esperança: sem esses dois ingredientes tudo é vão.

E chega. De alguma maneira sou uma Manuela na vida. Apenas não tive a sorte de fechar o *set*, fazer o ponto final. Taí: é horrível escrever sobre a gente. Deu a impressão de que espero uma vitória, uma conquista. Nada disso.

O que espero é um mundo em que o amor e a esperança vençam. Isso não depende da literatura, nem que eu ou você fechemos o *set*. Depende de toda uma mudança das estruturas, e tome etc., etc. e etc.

Quando existem milhares de Manuelas (e milhões mais sofridos), por que falar de um egozinho?

Júlio José Chiavenato